借一束月光的温柔

郑义伟 著

上海文艺出版社
Shanghai Literature & Art Publishing House

图书在版编目（CIP）数据

借一束月光的温柔 / 郑义伟著 . -- 上海 : 上海文艺出版社 , 2023.1
ISBN 978-7-5321-8456-9

Ⅰ . ①借… Ⅱ . ①郑… Ⅲ . ①诗集—中国—当代 Ⅳ . ① I227

中国版本图书馆 CIP 数据核字（2022）第 159505 号

发 行 人：毕　胜
策 划 人：杨　婷
责任编辑：李　平　程方洁
封面设计：悟阅文化
图文制作：悟阅文化

书　　名：借一束月光的温柔
作　　者：郑义伟
出　　版：上海世纪出版集团　上海文艺出版社
地　　址：上海市闵行区号景路 159 弄 A 座 2 楼
发　　行：上海文艺出版社发行中心发行
　　　　　上海市闵行区号景路 159 弄 A 座 2 楼 206 室　201101　www.ewen.co
印　　刷：成都市兴雅致印务有限责任公司
开　　本：880×1230　1/32
印　　张：14
字　　数：314 千
印　　次：2023 年 1 月第 1 版　2023 年 1 月第 1 次印刷
I S B N：978-7-5321-8456-9
定　　价：68.00 元

告读者：如发现本书有质量问题请与印刷厂质量科联系　T：028-83181689

笔墨人生

——郑义伟诗选集《借一束月光的温柔》序

◎ 胡 然

每一个警察都可能成为英雄，但是，不是每一个警察都能成为诗人。

这不是说警察缺乏诗性，其实很多警察都有诗心。没有诗人般的悲悯，就没有对人民的大爱，也就不会有真正的剑胆琴心。

初识郑义伟是在西昌铁路公安处刑警支队重案大队，那时他是一名"战地记者"，战友们都亲切称他为重案山庄的"半"个刑警。他是我处基层一线的民警，与刑警们一道转战南北，长年战斗在风口浪尖上，深入一线撰写出一部又一部优秀的公安文学与音乐作品。

郑义伟是四川省作家协会、中国诗歌学会、中国铁路作家协会、全国公安作家协会、四川省音乐家协会会员。全国公安诗歌诗词学会理事，是警营中一位较有影响力的作家、诗人、音乐家。作为成都铁路公安局文联作协主席，2017 年 6 月，他和全国另外 9 位铁路公安作家、诗人们在广西柳州公安部文联作协基地出席了《铁警追梦》文学作品的签字仪式，并成为公安部铁路公安局作协首批 10 位签约作家之一，成为全国铁路公安诗人、作家群中中坚力量，扛起繁荣铁路公安诗歌、散文、报告文学、小说、戏剧等题材创作、发表的重担。

如今,《借一束月光的温柔》这部诗选集是继 2017 年他的诗选集《踏着月色的脚步》和 2021 年的公安人物报告文学集《翱翔吧!雄鹰》出版后的又一力作。他的这些文学作品由此已成为铁路警察文化的符号。

来自基层一线的他勤奋笔耕,新作不断,屡屡突破自身局限,从警三十余年,写作三十余载。满怀着对铁路公安事业的热爱和对战友发自内心的情感,他以扎实的文学功底和深入采访获得的素材进行艺术创作,为读者打开了铁路公安民警的丰富世界,给铁路警察的工作赋予了梦想和激情。

他用文学创作的形式讲好"铁警故事",反映广大民警快乐工作、幸福生活、无私奉献的感人场景,展现新时期铁路人民警察顽强拼搏、执法为民、乐观向上的精神风貌,彰显铁路民警追梦的情怀和理想,弘扬主旋律,传播正能量。他的作品以饱含激情的文字,热情讴歌了人民公安忠于党、忠于祖国、忠于人民、忠于法律的崇高品质和敢于担当、勇于牺牲的奉献精神,生动讲述了铁路公安英模烈士真实感人的传奇故事。

煤炭的品质在于热量,作品的魅力在于回鸣。

最让我惊讶的是他写出了警察眼中的战友、铁道、小站,警察心里的故乡、亲人,警察精神世界中的良知与美……在我们的语境中,"警察"有着特殊的符号和意义,诗人能于此中获取独立的视角、猛烈的语言冲击力,实属不易。

我很感慨,历经风雨砥砺,一位早已远离青春岁月的警营作家、诗人,何以能够保持如此不懈的激情向那美的巅峰不断攀越?也许,他的三部个人文学作品集会作出最好的回答——

现在，我正进行着一次旅行，跟随一位警营诗人的文字和心灵，掸去淡淡的尘埃，去与公安英模烈士、时代楷模战友，与亲人、同窗、自然，与世界对话。或者，在春天里倾听一颗种子吻着细雨吐出绿芽。这是郑义伟诗选集《借一束月光的温柔》里的娓娓述说。

《借一束月光的温柔》是郑义伟的第二本诗选集，也是他的第三部个人文学作品集。这部由200首左右的诗组成的诗集共分五辑。第一辑《在这片深情的土地上》、第二辑《藏青蓝的背影》、第三辑《乡愁，疼痛地挂在光影上》、第四辑《走过薄雾的轻纱》、第五辑《心灵深处隐藏的符号》。

这部诗选集是我处深入学习并努力践行习近平总书记关于文艺工作重要讲话精神的创作成果，是我处第一部全景式反映和表现铁路公安战线英模烈士、时代楷模的感人事迹，有筋骨、有温度、有灵魂，高扬主旋律、传递正能量，充满血性与正义感的不可多得的优秀文学作品。

我认为，诗人的创作始终离不开他个人化的生活，离不开他所站立的那片特定土地，离不开他对生活的观察、体验、感知以及想象。

郑义伟热爱警察事业，用手中笔，不停地书写警察故事。每当他听见或看见一个个感天动地的英雄故事，他都会以诗歌颂。

2021年1月10日，在第一个中国人民警察节之际，他深情地写下诗歌：《我们以生命中最优雅的姿势》：透过戎装／我触碰到战友的心跳／那一束耀眼的警徽把海空照亮／映红了两百万中国警察的脸庞／／警旗上镌刻着我们闪光的名字／忠诚的底色是我们身披的藏青蓝／仰望着，仰望着旗帜的神圣／我们用火焰般炽热的情怀向您表达……

每当有战友从身边永远离开时，他也会用诗祭奠。这是他对我国警界模拟画像专家、公安部一级英模上海铁路公安局民警张欣诗歌里警察字典的深刻解读。"你斑斓的梦很窄，也很短／就像滑过的流星／陨落在了大地，却又照亮了大地"（《触碰到天边的笔尖》节选），这是他对警察无悔人生的体味和感悟。

"诗歌来源于生活，来源于对事物灵魂深处的挖掘，是人类情感、思想最真实、最深刻的表达"。在他的诗歌里，很难寻找到干瘪的字眼和华美无比的词语，他把每个字和词都赋予了真实而朴实的元素，字里行间流露的是绵绵情意，有忠诚的警察情怀，有浓浓的乡情，有不舍的战友情，有不断的恩情，有深深的警民情，等等。读他的诗，你很容易被感染和牵引，他把读者引入了心底最柔软的记忆，让人感受到了一种生命中无法割舍的牵挂。他以独特的视角，唯美的意境，动人的字句，激荡着读者的诗心。

毫无疑问，近年来著作颇丰的郑义伟不单单是把出书作为一种留存文字的方式，而是将其视为相依相偎可以温暖心灵的岁月结晶。在与既是兄长、又是战友的他相交相知中，时常为他对诗歌的精雕细琢和一往情深而感动不已，可以说他已经到了痴迷的程度，他时常有作品出炉，在钦佩他才思如涌的同时，也必须得承认他的坚守和辛勤。与诗人战友多次深谈后知道，这些诗歌温暖、滋润、看守、养护着他，并且已经默默融进了他的骨血之中。

在诗人郑义伟这里，文字是他手中的一把利器，一切由他表述的世间万物，都会在其刚柔并济的剖解下成为诗歌的标本并珍存人间。

近年来，郑义伟的诗作，最难能可贵的就是他在作品中抒发出时代感受、思想结晶的同时，还伴随着那种不露痕迹传递出的一种执着的良知坚守和精神气场，从而让其大多数作品都留存下见证历史、回馈时代、透视心灵、彰显人性的烙印。

郑义伟在这片神奇古老而凝厚坚实的土地上，将自己的情感融进铁道线，融入索玛花绽放的大凉山。他怀着对铁路公安事业的热爱和对战友的发自内心的情感，以文学的形式，展示了铁路公安民警的工作和生活面貌。他用丰富的诗情、唯美的文学语言张扬铁路公安事业，把情怀视角放到公安工作和战友身上。他笔下的铁路公安人们靠着共同的理想和信念，铸造铁道平安、稳定的铁警梦。

　　我处将以这部诗选集《借一束月光的温柔》作为从成昆时代迈向川藏、高铁时代的开篇之作，力争推出更多更好的打造"公安英雄史诗"系列文学的品牌，持续讲好警察故事，传承英雄主义精神，弘扬社会主义核心价值观，不断适应时代发展进步和文化强警的需要，满足广大公安民警和人民群众的精神文化需求。

　　文化具有一种"爆发力"。一首诗，一首曲，一首歌往往能够激发出人们无限的热情，这种热情能够使人释放出自己全部的能量，创造出更加辉煌的业绩。战争年代，我们党充分发挥了文化作用，各种文艺活动随军进行，极大地激发了军民的热情，焕发出无限的战斗力，这是我们战胜强大敌人的重要因素。我们要把公安文化贯穿到公安工作的全过程，开展好各种各样的文化活动，用公安文化激发公安民警热情，提升公安民警战斗力。

　　2021年7月，新的历史时期，我处从成昆时代迈向高铁时代、川藏时代。郑义伟用激昂豪迈的诗歌《这个颜色的灵魂从不会改变》述说："我选择把光影的瞬间定格在这个特殊的时刻／从一种步伐走过四十一年的光辉岁月说起／蜿蜒曲折的铁道上闪现成昆卫士的身影／每一座跨河的桥梁与穿越的隧道都记录下历史的承诺／／钢铁银河留下的坚实脚印铭记着藏青蓝的忠诚／天空下，回荡着初心不变勇于担当的铮铮誓言／我们的血液里流淌着炽热的情怀／砥砺前行是成昆铁警永不磨灭的秉性//我常常注目着这个深情和谐的颜色/你与大海和天空的碧蓝融为一体/把西铁公安的忠诚奉献之魂与祖国的平安融为一体/警徽照耀，我们以高昂的斗志迎接下一个曙光升起//……无论是寂静的大凉山/还是在喧嚣繁华的都市地段/这个颜色的初心没有改变/这个颜色的灵魂，也从不会改变"。

警营文学的创作，不仅是民警内心情感的迸射，更是铁路公安文化剑胆琴心职业特质的写照。它昭示着警营离不开文学的滋养，人民警察需要从文学中汲取营养，培育自己的人文情怀，以文化人，内化于心，外化于形，才能在内心不断生长打击犯罪、维护平安稳定的强大的内动力。

我们用文学创作形式讲好"铁警故事"，反映广大民警快乐工作、幸福生活、无私奉献的感人场景，展现新时期西昌铁路公安民警顽强拼搏、执法为民、乐观向上的精神风貌，彰显铁路警察追梦的情怀和理想，弘扬主旋律，传播正能量。将铁路公安的酸、甜、苦、辣，可歌可泣的事迹，创作出贴着土地而行的警营颂歌。用身边的先进典型事迹激发广大民警，让一个个值得仰望的榜样，给我们深刻的启迪，提升我们的荣誉感和自豪感。用铁警楷模用无私奉献、赤胆忠心，谱写出新时代壮美的英雄赞歌！不遗余力地歌唱我们这个伟大的时代！

是为序。

2022 年春

（胡然，西昌铁路公安处党委书记、处长）

第一辑
在这片深情的土地上

中国脊梁 ……………………………………………… 002

中国共产党的旗帜 ………………………………… 007

一群戴党徽的人 …………………………………… 011

党啊，我慈祥的母亲 ……………………………… 013

一个民族的背影在时光中飞翔 …………………… 014

站在嘉陵江畔寻望 ………………………………… 017

挺直脊梁在人生的河岸上 ………………………… 019

祖国没有忘记 ……………………………………… 021

梦中的橄榄绿 ……………………………………… 023

军人的情感 ………………………………………… 025

边关哨所永远的恋 ………………………………… 026

握着岁月的手 ……………………………………… 028

每当我想起遥远的南疆 …………………………… 032

盈江之恋 …………………………………………… 035

共和国的人民法官 ···················· 037

无声的爱在心与心之间传递 ···················· 038

托起太阳的人与夜色同行 ···················· 041

您是最美的颜色 ···················· 043

蓝天白云下筑起一座丰碑 ···················· 045

那株木棉似燃烧的火焰 ···················· 047

春的天堂有微笑 ···················· 049

把你举成一朵云 ···················· 051

携着梦奔向遥远的天际 ···················· 053

秋阳映照诗仙的故里 ···················· 055

穿过秋雨走近了你 ···················· 058

读你，在北港溪的黄昏 ···················· 060

诗意的名字 ···················· 062

成昆铁路（外一首） ···················· 064

泸山九龙汉柏 ···················· 067

裸露是你最美的温柔 ···················· 069

沉默的崖柏 ···················· 071

睡美的绿泥石 ···················· 073

月亮湖在春天的尾巴上写意 ···················· 074

吻别羞涩的草原 ···················· 076

春的符号 ···················· 078

春天的原野 ···················· 080

第二辑
藏青蓝的背影

炽热情怀写下生命的崇高 ························· 084

仰望群山我们是展翅高飞的雄鹰 ················· 089

这个颜色的灵魂从不会改变 ····················· 092

我们以生命中最优雅的姿势 ····················· 094

跨越与忠诚 ··································· 097

云端上的那一抹藏青蓝 ························· 099

战旗永远飘扬在成昆之巅 ······················· 102

在地球最长的车厢里 ··························· 105

警徽下绚烂的铿锵玫瑰 ························· 107

你是挺立黑暗中的一盏灯 ······················· 109

无畏的藏青蓝 ································· 111

我看到枫桥最美的画卷 ························· 113

铁道雄鹰之恋 ································· 115

你的身影 ····································· 117

小站卫士情 ··································· 118

致敬光影中的警蓝 ····························· 119

燃烧的火焰 ··································· 121

成昆铁道绽放的花蕾 ··························· 124

出发，向着时光的远方 ························· 126

沉醉人生的美丽 ······························· 127

战歌嘹亮 ……………………………… 129

在深秋的枫叶里 ……………………… 131

触碰到天边的笔尖 …………………… 133

忠诚无悔 ……………………………… 134

铁血警魂 ……………………………… 137

叶子上空那颗最亮的星 ……………… 139

生命的旗帜如一盏灯的火焰 ………… 140

不朽的丰碑 …………………………… 144

坐标向前 ……………………………… 147

废墟上高昂的头颅 …………………… 149

生命中的另一双眼睛 ………………… 151

我是你岁月中拨动的那根琴弦 ……… 153

为你点亮夜行的烛光 ………………… 155

你化作了一颗星 ……………………… 157

我用诗的语言述说您的平凡 ………… 159

凌云山下的蓝色背影 ………………… 161

夜莺在乌蒙高原歌唱 ………………… 163

四月有一种沉重的悲伤 ……………… 165

奔向没有硝烟的战场 ………………… 167

身影穿行在起伏的山峦 ……………… 168

铁道旁的木棉花 ……………………… 170

梦在夜行的列车上 …………………… 172

心中那毫厘的希望 …………………… 174

索玛花，每一叶都藏着美丽的故事 ……………………… 176

母语在风中婉约吟唱 ………………………………… 178

用忠诚丰满警察的内涵 ……………………………… 180

以一个姓名命名的工作室 …………………………… 183

捧着你 ………………………………………………… 186

▋ 第三辑
▋ **乡愁，疼痛地挂在光影上**

乡愁，疼痛地挂在年轮的光影上 …………………… 190

把我珍藏的月亮分你一半 …………………………… 192

把时光拉入怀中 ……………………………………… 194

站在霜降的路口 ……………………………………… 196

在海那边 ……………………………………………… 198

守候在多梦的心海 …………………………………… 200

天边那片带雨的云 …………………………………… 202

淡淡地回望 …………………………………………… 204

若是你来 ……………………………………………… 206

陪你微风掠过 ………………………………………… 208

在初夏的路上与你相遇 ……………………………… 209

光阴停留在脚印处 …………………………………… 211

故乡有一盏夜的灯光 ………………………………… 213

阳光下那些流动的身影 …………………………… 214

那些淡出的记忆 …………………………………… 216

你像一只蝴蝶飞向远方 …………………………… 218

远方的门虚掩半扇 ………………………………… 219

在炊烟缭绕的地方 ………………………………… 221

把时光写进记忆的诗行 …………………………… 222

走进曲径通幽的小巷 ……………………………… 224

每当我想起生命中的你 …………………………… 225

生命中的深情厚谊 ………………………………… 226

把远方傻傻望穿 …………………………………… 228

回眸远望 …………………………………………… 230

在暮秋的故乡 ……………………………………… 232

我想把时间拨回从前 ……………………………… 234

是谁的双手托起了我希望的羽翼 ………………… 236

夜，静静聆听 ……………………………………… 238

捧一盏茶在阁楼等你 ……………………………… 240

我在心里种一枚月亮 ……………………………… 241

端午，怀念诗人的盛典标签 ……………………… 243

故乡在哪里 ………………………………………… 245

温柔地想起 ………………………………………… 246

有种声音停留在生命的草尖 ……………………… 248

拎着乡愁追赶春的脚步 …………………………… 249

我的同窗与战友加兄弟 …………………………… 252

是谁，让一滴泪湿润了自己的眼睛 ······ 255

故乡的中秋夜 ······ 257

风铃摇曳的印记里 ······ 258

在南高原的云端上 ······ 260

故乡那一片飞飘的雪花 ······ 262

第四辑

走过薄雾的轻纱

在角落里找到一片冰美的雪花 ······ 266

可可托海美丽的相遇 ······ 268

我以为忘记了 ······ 270

夜，可能飘雪 ······ 272

后　面 ······ 274

含泪的凝望 ······ 275

梦你在夜色深处 ······ 277

唯美的遇见 ······ 279

我心里下着一场温暖的雪 ······ 281

青涩的记忆 ······ 283

春花中，婆娑的红衣身影 ······ 285

夕阳炫了谁的眼 ······ 287

等一个回眸的眼神 ······ 289

月光掠过的夜晚 ···································· 291

隐藏的总是那么柔软 ························· 293

追赶夕阳下的太阳 ··························· 295

等你在曾经的梦里 ··························· 297

谁在迷醉的诗画路上 ························· 300

今夜的风很轻很轻 ··························· 302

惜别在邛海湿地 ····························· 304

曼妙的身影 ································· 306

跌落的梦 ··································· 308

缠绵从指尖化成一缕轻烟 ····················· 310

风，飘过河岸 ······························· 312

多少个曾经 ································· 313

雨中彩虹的美丽 ····························· 316

心扉搁浅在暗夜的港湾 ······················· 317

七夕的月光染白了花瓣 ······················· 318

我扶起被风雪吹乱的目光 ····················· 320

柔情，在水一方 ····························· 322

第五辑

心灵深处隐藏的符号

在夕阳的路上 ·· 328

时光里耄耋的母亲 ································· 332

母爱，高过珠穆朗玛 ····························· 335

康乃馨，温柔着五月 ····························· 337

风雨里，步履蹒跚的身影 ····················· 340

背过我的身影在时光中苍老 ················· 342

有一盏灯醒着 ······································ 345

我怕一丝风把您吹凉 ····························· 347

驮着光阴的背影 ··································· 350

渴望生命 ·· 352

我的爱陪您驶向无边的彼岸 ················· 354

站在一首诗里把您相望 ························· 357

我多了一曲忧伤的思念 ························· 360

寄往遥远的天堂 ··································· 362

清明，穿越悠远的思念 ························· 365

有关您的记忆已成为最美的寄语 ··········· 367

拾起被风吹散的词语 ····························· 369

远方，隔着大洋 ··································· 371

谁懂季节的心思 ··································· 372

比时间还珍贵的诗行 ····························· 374

恩格贝，暮色中的沙漠绿洲 ……………………… 376

舞步在弓弦的沙丘上 ……………………… 378

赛汗塔拉 ……………………… 380

草原，我如约而至 ……………………… 381

是谁，还伫立在送别的路口 ……………………… 383

明月几时爬上柳梢 ……………………… 385

梦的远方 ……………………… 386

谁在缱绻的梦里 ……………………… 388

你是海潮中的一束涟漪 ……………………… 390

在黎明的月光下 ……………………… 393

生命的涟漪 ……………………… 396

你像百合悄然绽放 ……………………… 398

等你优雅的那个转身 ……………………… 401

今夜柔软的月光 ……………………… 403

自画肖像 ……………………… 405

任岁月流转多少过往的滚烫 ……………………… 407

我心里那一团燃烧的蓝色火焰 ……………………… 410

在夕阳里为自己别上金黄色的勋章 ……………………… 413

跋　在月色里相遇 ……………………… 417

后记　行走在诗歌春天里的公安诗人 ……………………… 425

第一辑

在这片深情的土地上

我无时不在用心寻找

寻找隐藏在这片深情土地上的符号

用它呈现我想要的完美表达

最高处，是仰望的山峦和峡谷

最低处，是倾心的河流与水草

中国脊梁

我的姓氏叫炎黄
我的基因是中华
一个历经无数磨难的民族
在血色的漩涡中筑成一道挺直的脊梁

1921 年 7 月
在一条十米长的红船上
诞生了中国共产党
南湖小船点亮了中华民族的希望

铿锵有力的橹桨拍打起滔天的巨浪
优秀的中华儿女从梦魇中觉醒
发出了惊愕世界的声响
中国革命从此有了正确的前行方向

我在夏的路口看到
您从风雨如磐的嘉兴南湖启程
一个创始时仅有五十余位党员
如今已发展为拥有九千五百余万党员的政党

岁月刻满了风雨沧桑

我们的目光沿红色记忆的走向
追寻先烈们的身影
让熠熠生辉的桅杆泛起潮红的仰望

忘不了，民不聊生的鸦片战争
怎能忘，八国联军践踏国土
一把邪恶的野火毁灭了虚伪的文明
残垣断壁的圆明园失去了光华灿烂

九一八，卢沟桥的枪声
天降横祸，倭寇张狂侵犯
多少英雄保家卫国，血染疆场
中华儿女挺起了不屈的头颅与胸膛

红军从江西瑞金到甘肃会宁，走过荒草地
翻越18座山、跨过24条大河的漫漫长征路
多少英雄血染疆场埋骨他乡
用身躯筑成一道不屈的脊梁

会师巍巍井冈
猎猎红旗激烈呐喊
黄洋界上炮声隆
震撼着祖国的江河山川

生死攸关的时刻
遵义会议拨开了云雾
在历史的转折点

中国革命见到了曙光

四渡赤水，巧渡金沙
大渡河畔飞夺泸定桥
翻越高寒的夹金雪山之巅
走过人迹罕至的若尔盖草原

广袤的黄土高原阳光灿烂
滚滚的延河水流淌着母亲的乳泉
延安窑洞里高大的身影
抒写着中国历史最精彩的诗篇

延安，红色的心脏
中国的摇篮和圣地
这是一个特殊的符号
小米和窑洞，延河水与宝塔山

七十二年前，那庄严雄伟的声音
一直萦绕在这片红色的河谷山川
时光在历史的长河中流淌
您沉静的双眼倒映出绚丽多彩的秋天

历经一百年的血雨腥风
中国已成为领航世界的灯塔
沿着红船的航向，在中国梦的前行中
我们永不停歇扬起信仰的风帆

在这片古老深情的土地上
满眼是一幅幅波澜壮阔的雄伟画卷
一个伟大的党引领一个伟大的国家
取得一个又一个灿烂的辉煌

跨海高铁穿越大海
蛟龙探海深入洋底
高速公路飞过云端
歼 20 运 20 腾飞蓝天

5G 联通全球，北斗卫星导航世界
射电望远镜眼望苍穹
天问一号登陆火星
载人飞船遨游太空

中国梦的前行号角响彻云天
"一带一路"拥抱世界的明天
"复兴号"，载满中华民族伟大复兴的中国梦
一路呼啸，永远向前

澎湃的歌谣唱响时代的诗篇
航母劈波斩浪驶向深蓝
南水北调的红旗河唱响沙漠荒原
每一个画面都是祖国自信于人类的精彩

我们续写星光灿烂的英雄史诗
为祖国母亲装满胜利的诗篇

红船载着伟大的梦想
华夏儿女万众一心砥砺前行

您从丝绸之路的驼铃声中走来
铿锵的脚步撼动着二十一世纪的风云
您是奔腾不可阻挡的黄河长江
您以雄鹰最雄壮的姿势飞向远方

珠穆朗玛，凝聚千年不化的冰川
长江黄河，喷涌出母亲的乳泉
巍峨的泰山，耸立在皑皑的雪山之巅
碧波荡漾的南海，倾诉无尽的爱恋

大漠的黄沙，湮没不了历史的足迹
黄海的波涛，澎湃中华民族的豪迈
新时代的巨轮，载着祖国强盛的希望
乘风破浪，向着曙光的彼岸扬帆起航

中国共产党的旗帜

鲜艳的旗帜迎风飘扬
镰刀斧头闪耀着金光
五十六个民族团结在你身旁
在困境中崛起，在风雨中成长

敬爱的党啊
你是阳光照耀着北国南疆
你是雨露滋润着万物生长
你是灯塔永远屹立在世界的东方

鲜红的党旗迎风飘扬
人民大众胜利的希望
十四亿人民深情为你歌唱
在改革中奋起，在跨越中富强

敬爱的党啊
我们心中永远不落的太阳
我们在你鲜红的旗帜指引下
昂首阔步走向光明永远向前方

在新时代的起点上

我们迎来了您一百年的华诞
旗帜染红了天边的云霞升腾成火焰
美丽成一幅绚烂的长卷

您生日的烛光摇曳多姿的梦
请让我为您深情吟诵一首诗
我灵魂里萦绕着一首歌
那就是，我和我的母亲

我的胸中矗立着一座山
那是父亲的脊梁
我的心里流淌着一条河
那是母亲的乳泉

您是涓涓流淌的小河
朝着大海奔去永不干涸
您是晨曦中升起的太阳
永远温暖着十四亿中华儿女的心窝

我的梦里跳跃着山川河谷斑斓的色彩
我的心中飘荡泥土的芬芳
党啊，您的胸怀是那么博大
无论您的儿女走到哪里都有您的牵挂

我站在南高原之巅与您深情对视
我嗅到了雨季深处泥土的芬芳
我伫立在静静流淌的安宁河畔向您倾诉

我生命里的每一滴血都与您相连

我以诗人和朗诵者的名誉走来
走进庄重而圣洁的殿堂
党啊，请记住这片土地的每个地点
一个个回荡在天空婉转而高亢的声音

无数的情感密码凝聚在诗行里
每一句都是最深沉的惬意表达
我饱含热泪用母语述说
请让我为您吟诵着一首永恒的赞歌

当中国红的主旋律流动在绚烂的舞台
跌宕起伏的颂歌打开诗的序言
不朽的丰碑抒写壮丽的诗篇
为伟大的党装满一百年的盛宴

伟大的中国共产党
是无数先烈铸就的名字
您从伤痕的废墟上崛起
镌刻成不朽的历史丰碑

中国共产党的旗帜
是昂首奋进的中华民族方阵
是奔腾向前的长河上永不熄灭的航标灯
指引着十四亿中华儿女前进的方向

中国共产党迈着铿锵的步伐
带领中华民族走向未来
抒写下一个百年
辉煌灿烂的历史篇章

一群戴党徽的人

盛夏，一群戴党徽的人
沿着凉山北大门蜿蜒崎岖的山路
追寻八角帽、五角星的足迹
他们把甘洛的红军树拥入怀中

蓼坪乡的山道旁，一棵丁木老树伸向云端
当地人称它为"红军树"
参天古树从云雾中脱颖而出
浸染上深沉的墨绿

树叶在风中摇曳，透过斑驳的光影在阳光中闪亮
长长的树枝用生命的长度伸向远方
把根深深扎进彝乡
它已作为人们对当年那些追求理想之人的想象

是的，八十六年前的五月
在会理蛟平渡口，冕宁的彝海湖畔
在甘洛花开海棠的地方，红军从咱家乡走过
留下几多美丽的传说

有心的人在悬崖的路边搭建了一个平台

在一方悬空的木板上
一场别样的演出缓缓拉开帷幕
天地间回荡着"五彩云霞"的经典之歌

面对鲜红的旗帜
他们举起右手，就举起了担当
一起宣誓，用信念支撑信仰
一群人把红色的身影深情地凝望

站在一百年新起点的窗口
我们用不同的方式迎接党的生日
在民族复兴的歌声里
一定有来自我们公安与司法干警撼天动地的大合唱

党啊，我慈祥的母亲

你是涓涓流淌的小河朝着大海奔去
永远也不会干涸
你是晨曦中升起的太阳
永远温暖着我的心窝

我张开歌喉纵情地为您歌唱
亲爱的党啊我慈祥的母亲
你用乳汁把我养大
让我走向光明的征途

你是巍然屹立的昆仑伸出巨臂拥抱
满怀深情的蓝天
你是激昂的冲锋号角
永远回响在我的耳畔

我张开翅膀紧紧地把您拥抱
亲爱的党啊我慈祥的母亲
你用不屈的脊梁
为我撑起一片片蓝天

一个民族的背影在时光中飞翔

风笛拉响交通强国铁路先行的腾飞乐章
共和国亮丽的名片构筑时代的梦想
风雨在跨越的征途上无可阻挡
风驰电掣的复兴号奔驰在祖国广袤的大地上

别说五千年的文明古国步履蹒跚
别说古老的中华民族自我封闭
东方睡狮早已醒来
高铁承载着新时代对民族复兴的诺言

钢铁银河闪耀着光芒
铁轨延伸的地方充满了希望
"复兴号"，载满伟大复兴的中国梦
一路呼啸追逐在北国南疆

一道白色的闪电划破时空的屏障
优美的线条在钢铁银河上划成一道弧线
穿过江河桥梁，跨越山岗
拉近了归乡人的遥望

万里征途不再遥远
你，缩短了城市间的距离

高铁承载着人们对美好生活的向往
坐着复兴号，回家陪着爹娘看夕阳

你这样的人，或许不曾被人知晓
谁是海疆天空那颗闪亮的星光
厚重的藏青蓝遮掩着内心的呐喊
一个崭新的起点被阳光瞬间照亮

在骄阳似火的瞭望岗亭上
矗立着一幅庄重的威武
在冰雪覆盖的高铁栅栏旁
唱响着一曲悄然疾行的战歌

每一个站台
都是热血沸腾的开始
每一次呼啸而去的列车
都眷恋着送往迎来的喜悦

你在唯美的诗行里谱写如莲的心境
在人生的画卷中雕出岁月的永恒
你用奉献高扬铁警奉献的旗帜
用忠诚铸就铁道的安详

你是这样的人
紧握人生的坐标
站在高铁岗亭哨位上
视线在寻望里延伸

细雨洒落脸上
警徽在雨雾中闪耀
漫天飞飘的雪花
挡不住寒风中巡逻的身影

呼啸的列车尾音已去
在那远遁的轰鸣声里
唯有你
守护着万里铁道的安宁

在复兴号启程的地方
铁道卫士把青春的血液融入挺直的脊梁
迎着生命的晨曦
从一个城市到另一个城池护卫旅客在路上

旋转的车轮旋转着梦想
铁路人用坚实的臂膀托起列车的奔跑
中国速度贴着铁道飞奔向前
让一个民族的背影在时光中飞翔

站在嘉陵江畔寻望

像当年的你，策马
奔赴川北的红色之地
我想为这片血染的嘉陵江写一首赞美的诗
为三万英雄写下燃烧的词语

站在嘉陵江畔寻望
寻望，八角帽上的红五星
除了看见了镶嵌山崖的一抹红
我，已经无法看到更多了

丰碑镌刻下六十多年前载入史册的足迹
碑文讲述着史诗般英雄的故事
一座城池，始终保持着一个民族永远站立的姿势
让所有的来者在注视中完成一次对先烈的祭奠

苍溪啊，一座贫瘠而厚重的老区
走进你，亦如回到魂牵梦萦的故居
那些扛着小米加步枪的灰色背影
伴随迎风招展的漫山红旗早已远去

流淌红色血液的河水

承载着历史特殊的记忆
星光在寂静的黑暗闪耀
我看到夜幕后晨曦的一缕曙光

挺直脊梁在人生的河岸上

当我举起右手
就举起了使命与担当
铿锵誓言不变的初心
穿透心扉，荡气回肠

面对神圣而庄严的旗帜
我，不再属于自己
我已把全部都交给了这片土地
连同我的信仰

那一声喊出廉洁的誓言
铮铮如铁，震撼苍穹
有的人为了私利让原本隽永的人生
变得惨不忍睹的丑陋

腐败淹没曾经的豪情
腐败，只能获取片刻的享乐
贪婪者面对铁窗，深陷囹圄
双眼淌下苦涩的泪水，换来深刻的忏悔

伟大的中华民族

您是一棵枝繁叶茂的树
每一片叶子落下
都会让我感到悲伤

谁用高傲尊严托起山河不屈的脊梁
任雪压冬云，我自岿然不动
您就是歌赞百年的英烈
林则徐、李大钊、雷锋……

是谁把"为了人民"这四个字举过头顶
是奋战抗疫一线的军警与白衣战士
是十四亿中华儿女组成抗击病毒的钢铁长城
是五十六个民族用无私的爱铸就起铜墙铁壁

是您建造着共和国的巍峨大厦
全心全意全力加固她的基石
这是亿万人民心底的颂歌
炎黄子孙挺直脊梁在人生的河岸上

祖国没有忘记

——写在中国人民解放军建军 92 周年

指尖划过悠长的时光
任岁月流转几多过往的滚烫
离开军营三十七载的人生步履
在汹涌澎湃的浪潮中一路前往

回望凤尾竹下的绿色军营
我们的身影从中缅边陲的大盈江河畔走过
每当月亮从高黎贡山上空隐没
那是我把雪山丫口的朝阳迎进故园山河

青春的热血在边防哨卡流淌
韶华像白云一样飘落远方
把纯美的时光写进沉醉的诗行
只为心中的那份牵挂悠远绵长

光阴如箭几十年
虽然，我们走进了黄昏
可光阴冲不淡记忆的底片
也抹不去战友特殊的情感

八一前夕，祖国没有忘记

为我们送来光荣之家的牌子
这是每个退伍军人的荣誉
它提醒着，我们不是一位普通的老百姓

即使，我们的青春不再亮丽
腰身也不再挺拔
可我们依然能把激情挥洒
只要祖国，一声令下

梦中的橄榄绿

微风吹拂的营房
绵延起碧色的涟漪
静静流淌的盈江
舒卷起银色的浪花

遥望绿色的军营
有力的手庄严地举起军礼
穿过戎装的人
用青春和热血镌刻忠诚

边关的烽火
守防的岁月
生死与共的战友兄弟
你们没有走远

一段特殊的经历
人生难忘的旅程
一种无法表达的情感
生命尽头的永远眷恋

梦中的橄榄绿

一本生命的诗集

半自动步枪，阳光中闪着寒光

八二无后坐力炮，震耳欲聋

踩着鲜血的足迹，夜行军

汗水浸透衣衫

高黎贡山留下的坚实脚印

始终铭记，这是为了谁

军人的情感

——献给脱下军装的战友们

我常把故乡留念
我也把哨所思念
故乡有我多情的姑娘
哨所有我巡逻的伙伴
故乡是我生长的地方
哨所是我成长的摇篮

故乡啊我爱您
我是您派遣到祖国前沿的卫士
我愿把我的身躯屹立在阵地的最前沿
为祖国领土的完整值班

在遥远南疆的竹林里
在阴冷潮湿的哨所旁
在飞沙走石的行军途中
在密林丛中的练兵场上
军营中的每一个角落
都有我们青春的身影

边疆啊我爱你
在南国骄阳似火的边境线上
伫立界碑前的哨兵汗水流淌把哨位淋湿
为了边防安宁的每一天

边关哨所永远的恋

——写在2020"八一"之际

有一份情感
在我心中珍藏了四十年
南疆边关的烽火硝烟不再弥漫
那是一代代军人用生命护卫祖国安宁的夜晚

在那段激情燃烧的岁月里
我们挥洒渲染着军人的柔情
在界碑深处的哨所旁
我们忠诚守护着祖国的安详

梦回边关，军旅生涯已经走远
不见了，大青树旁的营房
界碑前站立的姿势依旧那样挺拔
橄榄绿的军装永远在我梦里缠绕

喊一声老战友
胸腔里涌起阵阵滚烫的暖流
情满哨所，无论相隔多远
那是我心中永远割舍不下的牵挂

盈江啊，我魂牵梦萦的第二故乡

我曾用青春与热血护卫过你
在绿色的天空下
军旅柔软的情感浸染边防

站在挥别激情的地方
凤尾竹下的盈江仍在不息地流淌
轻轻地沿着哨所弯弯的小路
被泪水打湿的思绪像彩云之南的雨丝一样绵长

忘不了军中的绿花
那是一种无法表达的情感
放不下热带丛林中的哨卡
那是一段用青春抒写的芳华

走进黄昏，白发长出对战友浓浓的思念
彼此的情感仿佛穿透时空回到军营
眼前闪过一张张饱经风霜的脸
四十年了，无法掩盖岁月的痕迹

穿过军装的我们已步入老年
时光的流水冲不淡记忆的底片
还记得，夜间站哨的一声口令
怎能忘，紧急集合把军装穿反

我多想放慢老去的脚步
让军徽在生命中闪耀
我多想以青山绿水为笔墨，在祖国的大地上
抒写退伍老兵永不停息的矫健与自豪

握着岁月的手

——致军旅战友侯绪伦、刘强、杨胜新、邱贵荣

有个声音在轻声呼唤
一首首军歌响在耳边
走到多年期盼的战友身旁
在心灵的驿站，把中缅边陲的往事怀念

远远看见，一双潮湿的眼
快速靠近，相互凝视胜过千言
我们的嘴巴和手指、头部与眼睛都会说话
把遥远南国的往事复制还原

紧紧握住岁月的手
让您感知我手上的力量与温度
久久不想松开
松开，不知要等多少时候

时光流转，仿佛就在昨天
那一刻，您是否看见
酸楚迷离的双眼
被岁月的刀磨砺的脸

唉！咱们的头发都白了

步履已蹒跚
这些年，我们走得太远
是时间给了我们相见的机遇

2020 年秋天
我与战友侯绪伦、刘强在贵州重逢
蓦然回首，与刘强一别二十九载
时光催老了容颜

时间不停地走向远方
风霜雪雨的路上
待到枫叶红了
或许，只有在另一个美丽的地方相见

曾经，我们把梦想写在大地
前行中，渴望命运的波澜
今昔，我们把寂寞藏进云端
人生最曼妙的风景就在后面

凤尾竹下的盈江河畔
绿色的橄榄枝依然在梦里缠绕
丛林哨所，边防界碑，微风吹拂的营房
在我们心中永远也抹不掉

隔着荧屏，杨胜新吐露
多想回到灵魂经过的地方
那里除了有熟悉的傣家姑娘

还有凤尾竹下珍藏的秘密

那一年，带着美好的憧憬走进边疆
如今，风沙早已卷走留下的脚印
可，唯有那段初恋的柔情
依旧在时光的缝隙里穿行

红尘中，我们走着走着就会忘记
一个外号叫蚂蝗的战友
当年，他说别喊我周华明
叫我"蚂蝗"才会拉近距离

今夜，彼此相约
抽空回热带丛林与战友重聚
邱贵荣在视频中告知
蚂蝗已于两年前悄然离世

一声惊雷
这个愿望已然成为我心中未了的情结
内心深处起起伏伏
一滴眼泪落在无人看见的角落

一个情谊深厚的战友走了
那是我们心中放不下的牵挂
他骑着那匹被自己用木棍驯服的军马
飞奔到另外的世界去侦察

这些年，我常常想起大青树旁的营房
那是人生最美的向往
在梦里，多少次与战友们不期而遇
呈现出身着军装的身影

侯绪伦感言，战友就是一份割不断的情
是的，珍惜戍边卫国的这份缘
保持一颗宁静的心
相逢在心灵的驿站

黄昏的落幕中
我把沾着汗的手用纸巾擦净
握别转身离去
等待生命的下一个归期

每当我想起遥远的南疆

——写在 2021 年建军节之际

光阴流转多少过往的滚烫
激昂的军号与嘹亮的军歌依然在耳边回响
每当我想起遥远的南疆
那枯竭的心海就会泛起丝丝涟漪

走过匆匆的岁月
闻过幽幽的暗香才知思念会有多长
我在远方呼喊战友的名字
多少次与那棵鲜血浸透的木棉在梦里相望

人生路上找不到青春的痕迹
唯有凤尾竹下绿色的军营
那一串串银铃般的声音与一张张稚嫩的笑脸
早已定格在永不消逝的记忆里

当短暂停留忙碌的脚步
回首走过的往事，突然间才发觉
无论我走到哪里，心中依然装满着你
哪怕走得再远，也能听到越过山峦的声音

鲜红的八一军旗，在南国哨卡屹立

一次次抬起右臂向旗帜敬礼
戍边卫国的橄榄绿士兵
用青春与生命护卫着祖国的安宁

岁月留给我们的是一场绿色的梦
那里装满了年轮芳华的军旅印记
还有屹立山岗的瞭望哨所
与国境线上的威严界碑

想起盈江那座美丽的边陲小城
眺望四十年前离去的第二故乡
唱着《战友、战友亲如兄弟》的军歌
我的心啊，与斑斓的梦一起飞翔

这么多年了
我放下过苦楚，也放下过恩怨
却从未放下边关哨所那一抹橄榄绿
还有那盈江河畔多情的姑娘

很多事，如过眼云烟
很多人，也渐渐走远
我的头发仿若高黎贡山飘落的雪花
缓缓染白了，染白了我雪白的孤寂

夜，已经沉沉睡去
而我的思绪却如此清晰
打开尘封已久的发黄照片

勾勒起我对军旅生涯无限的怀念

我在窗前寻望远方
夜色中，梦的心海发出呼吸
我那永恒的军人豪情
悄然怒放在黎明来临之前

盈江之恋

——云南边防八团战友会之歌

我爱彩云之南高原的早晨
还有盈江河畔梳妆的身影
我爱凤尾竹下秀美的竹楼
还有那唱山歌入梦乡的姑娘

啊盈江
祖国的西南边防
你是我魂牵梦萦的第二故乡
沿着高黎贡山我向你靠近

我愿是飞翔的雄鹰
盘旋在你蔚蓝的天空
我的追梦在美丽的大盈江
伴随心海激荡起涟漪

我爱红土南疆河谷的黄昏
还有凯邦亚湖水中的倒影
我爱傣家山寨寂静的月夜
还有那银光下缅寺塔的神韵

啊盈江

思念的亚热带边疆
你是我魂牵梦萦的初恋地方
让梦枕着藤蔓不愿意醒来

我愿是前行的航船
巡逻在你奔流的盈江
我的祝福在江河的韵律里
伴随太阳从水岸升起

共和国的人民法官

——西昌铁路运输法院院歌

我们是安宁河畔的一湾清水
让荒漠盛放出火红的木棉
我们是成昆铁道线上风雨无阻飞奔向前的列车
让历史的车轮承载希望驶向明天

啊……新时代
共和国的人民法官
把神圣的利剑举过头顶
用法槌匡扶正义惩恶扬善
我们虽没有海贝那么斑斓
却用忠诚托起一片蓝天

我们将忠诚铸进庄严的国徽
用公正架起金色的天平
我们在高悬的国徽下铁面无私公正执法的审判
那凛然的正气让试法者闻风丧胆

啊……跨世纪
共和国的人民法官
把公正廉洁举向蓝天
跳动的心与人民的利益紧密相连
我们虽然没有流星那么耀眼
却把瞬间的光芒留给人间

无声的爱在心与心之间传递

——致会理县人民医院内三科医护人员

走进呵护生命的绿洲
我习惯把眼睛投向天空的方向
投向悬空楼顶的白色长廊
想与白云自由飞翔

廊桥的一端是连接新生儿的开始
温暖的双手托起美好的希望
另一端是老年健康的世界
每一个康复的生命里只看到忙碌穿飞的倩影

如果没有爱
我们看不到四十九双期待的目光与病魔抗争的力量
如果没有爱
我们或许只能听到亲人的哭泣

是您，平凡的医务工作者
您的微笑拉近了医患间的距离
您有一颗拯救苍生的心
有一颗纯美如雪的灵魂

您在绚烂的舞台上

展示最优美的白衣神韵
整洁的房间盛满了您辛劳的汗水
无声的爱在心与心之间传递

夜晚，病房的人早已入眠
您依然奔跑在没有硝烟的第一防线
洁白的燕尾帽下
仍有一双双熬红的眼睛

漫漫长夜
您成了唯一醒着的人
您纤细的手，轻轻推开黑夜的门窗
让病员看到黎明的光亮

雪白的病床
映照着病人康复的欲望
当患者真诚的一声"谢谢"
所有的委屈与辛酸随之释然

一身素白，是您圣洁的形象
一袭白衣，写满了特有的内涵
每一滴液，能折射太阳的光辉
每一颗心，能承载人生的美丽

您的美称早已定格
无论是"白衣天使"
还是叫"白衣战士"

都无愧人们对您的赞许

您，头顶着医学之父希波克拉底先生的圣光
您，脚下是护理事业创始人南丁格尔女士的足迹
在救死扶伤的路上
以白求恩的精神诠释人生的意义

我摁住一缕雨后的彩虹
摇曳着一池斑斓的梦
向着生命的晨曦
拥抱灿烂的朝阳

托起太阳的人与夜色同行

——献给辛勤的园丁

阳光穿过缝隙揉进墨香的文字里
灯下,凸现一双双伏案熬红的眼睛
有人叫您园丁或是灵魂工程师
无论怎样的称谓都无愧人们对您深情的赞许

当您拿起粉笔指向黑板
就指向了五千年历史的文明
当您举起教鞭就举起了责任与使命
您用一生的粉笔灰把青丝染成最美的白发

您在讲台上筑梦红烛人生
忘情地燃烧自己
燃起了莘莘学子心中的火把
为他人编织多彩的明天

为何我总在夜半惊醒
那是您脚步踏上讲台的声音
为何我眼里总有一个难忘的身影
那是托起太阳的人与夜色同行

我的世界镌刻着您的符号

想用美妙的歌喉为您唱一首赞歌
执一支隽雅的秀笔
铺一方墨纸为您挥毫写意

在洒满翰墨书香的课堂
您像一只百灵鸟优美地歌唱
您在人生的舞台上
用毕生的心血演绎神奇的光彩

一寸寸粉笔侵染了您岁月的鬓霜
三尺讲台述说着您的忠诚
星辰日月记载着您呕心沥血的点滴
春秋冬夏彰显着您的光辉

在时光的角落
走进刻骨铭心的记忆
在磨损的石阶上
寻觅寒窗里熟悉的模样

您在远方站立成永恒的守望
漫漫长路，磨不去您谆谆教诲
勉励的话语似缕缕春风在耳畔萦绕
您的培育之恩让我一生铭记

我用火焰般炽热的情怀向您表白
您辛勤的汗水已化成雨后绚烂的彩虹
我的眼眸闪烁出湛蓝的亮光
我看见您用沾满粉末的双手把斑斓的梦托起

您是最美的颜色

在五千年的历史文化长河中
伟大的中华孕育了灿烂辉煌的文明
诗词曲赋是她柔光轻泛的双眸
书法、国画、京剧展现出她曼妙的身姿

在人生的某个阶段
不经意的转身，与太极优雅相遇
从此痴迷以柔克刚拳掌的神韵
太极是中华的传统，也是健身的方式

第一次握紧扇子的手
再也放不开她的温柔
我们是健康的使者
雪山草地踩脚下，喊出不老的神话

一圆一太极，我们如风一样行云流水
起舞翩翩，恰似落叶在空中盘旋
舒臂弓腿，以柔克刚划出拳掌灵动飞扬的神韵
气沉丹田，动静间踩醒一池梦语

九月，在这金秋的时节

我们用感恩的心，在收获的季节里把老师颂扬
谢谢您，让我在人生的转角处有了新的追求目标
如若晨曦中，阳光托起我梦幻般的希望

在秋的枝梢倾听繁花绽放的心语
执一笔墨香揉进细细的心房
有园丁的领引，风雨的路上才显真谛
有共同的付出，这个集体越走越宽广

感谢人生中所有的遇见
在霞光中触碰到一片温暖
感谢生命中彼此结下的情缘
暮色中，人生的后半程在舞动中唯美老去

我用火焰般炽热的情怀向老师表白
您辛勤的汗水已化成雨后绚烂的彩虹
我的眼眸闪烁出湛蓝的亮光
在我的世界里，您是最美的颜色

蓝天白云下筑起一座丰碑

——痛悼木里县扑火殉难的英烈

木里，一座佛缘的藏乡
依偎在奔流的雅砻江畔
电闪雷鸣惊醒了沉睡千年的莽莽群山
扰乱了沉寂海拔四千米的林海雪原

立尔的黄昏爆燃着火焰
烈火燃起五十米高的狼烟
扑火人攀缘布满藤蔓松枝的陡峭山峦
奋不顾身冲进浓烟滚滚的战场

怎敢相信，那个神秘秀丽的原野
竟会成为一个让人疼痛的地方
一个个鲜活的青春兄弟
竟然和死亡连在一起

大凉山在哭泣
英雄燃烧的青春与春天同行
撕心裂肺的呼叫回荡在林间
战友们抱成一团，抱成了一个血染的春天

两千度的野火吞噬着大地

吞噬了三十条鲜活的生命
我无法用双眼把你烧焦的躯体辨认
你把沸腾的血液融进森林融进雪山

黑夜覆盖大地
清明前的月城，人潮汹涌
泪水潮湿了一双双曾经冷漠的眼睛
多少兄弟姐妹在凄风冷雨中哭泣

天空挂满了朵朵白花
灵车载着你在蜿蜒的山道上盘旋
我点亮心灯，握一盏人性的光
在你回家的路上，照亮你远行的方向

那个被鲜血染红的夜晚
达瓦、邹平、捌斤与二十七名消防官兵
在蓝天白云下筑起一座丰碑
永恒的名字留在这片血染的土地

那株木棉似燃烧的火焰

——献给在木里烈火中牺牲的英雄们

惊雷爆响的黄昏
一个个闪电
火魔在四千米的悬崖上肆虐
把葱郁的森林变成一片火海

你接到命令，抵达火源
直奔血色战场
你像一只雄鹰
矗立在木里的蓝天下

高原的积雪还没融化
你的脚步已迈进茂密的森林
在忠诚铺就的绿色世界
汉语和藏语对话春天

格桑花还没开出嫩芽
你的手指轻轻抚摸过它
那抹满眼的绿意
见证了平凡的瞬间

今夜的大凉山

你的背影在黑夜的火光中闪现
霎时，猝不及防的风向突变
巨大的火球在林中翻卷

困在火场的那一刻
你看到那株木棉似燃烧的火焰
每一滴血殷红你的悲壮
如一座丰碑

在春寒料峭的雪域高原
你用生命把雅砻江和立尔村寨
浸染成一幅幅优美的国画
升华成一朵朵灿如云霞的杜鹃

我心中的勇士
你的微笑划过夜空
让我涌动的诗意情感
陪你走进人间的四月天

春的天堂有微笑

——献给在西昌烈火中牺牲的十九位英雄

燃烧的野火
让我想起去年这个时间
我为在凉山木里烈火中牺牲的三十位英雄
写下——《那株木棉似燃烧的火焰》

三月，拖着尾巴翻滚着冲向人间的四月天
透亮的火光，甩出一缕青烟
一条长龙迅速从大营农场的山林向泸山蔓延
一声号令，英勇的壮士披星戴月从宁南急速挺进
向前

山岭爆燃着狼烟
两千度的野火吞噬着大地
霎时，猝不及防的风向突变
巨大的火球在林中翻卷

你倒下的地方，时间已然停止
焰火中飘扬着你们的名字
火光穿过时空的缝隙
照亮了天堂的夜色

是谁导演了一次次人间的悲剧？
一年过去了，我写过的字已然模糊
尽管，你我素未谋面
还是情不自禁地写下祭奠十九位英雄的诗篇

巍峨的山峦托着春的晨曦
去往远方的路，延伸得好远好远
那里是春的天堂
那里有歌声和微笑

在这片深情的土地上
你像泸山一样挺立着
我用诗歌保留永恒的春天
和着那张出发前的合影照片

十九位兄弟
你们在南高原的春天里走远
在远行的路上，我怕喊疼了你的名字
更不愿从我哽咽的喉咙里喊痛一个季节

把你举成一朵云

——致英雄黄继光

黄继光，我想用战友来称呼你
因为，我们都曾拥有一个响亮的名字
行进在英雄的故里——中江
想把洁白不息的生命塑像高高举起
举成一朵白云

英雄的铜像，那深邃的眼眸
如闪烁的星光灿烂
美哭了整个夜空

1952 年 10 月 19 日的黎明
上甘岭反击战 597.9 高地
在你扑倒的地方
我嗅到了火焰的味道

冲锋的路上，战友们一个个倒下
千钧一发时，你挺身而出冲了上去
身负七处重伤，依然向前爬行
腿被打断，却张开双臂一跃而起

你挺起胸膛

跃身扑向那狂喷火舌的碉堡枪口
敦实的身躯击哑枪声的瞬间
血液染红了黎明前的上甘岭

为了祖国，也为了阿妈妮
22 岁年轻的生命
仿若一朵绚烂的金达莱
永远绽放在五圣山上

携着梦奔向遥远的天际

——致杂交水稻之父袁隆平院士

一个戴金黄色草帽的人
把泥土的气息浸染全身
在稻田里守望了一生的人啊
为了温饱却常常饥饿在田野

一个植身于希望的土地
躬身于地头敢为苍生的一介布衣
就这样，说走就走了
走的时候，手里还攥着一棵饱满的稻穗

曾经，那些饥渴的眼睛
装满了你忙碌的身影
一碗白米饭让所有人远离饥饿
是您毕生追求的心愿

走过九十一载的风霜雪雨
小满之后，一个忙着赶路的远行背影
携着梦奔向遥远的天际
或许，那里也发生了饥荒

告别挚爱的水稻，告别了眷恋的土地

您的灵魂永远与大地母亲相依
田埂边，已听不到您铿锵的足音
可升腾的炊烟中却有一个嶙峋的身影

您走了，仿若一颗陨落的巨星
青海、云南突然地动摇晃
一座高山崩塌，一个国之栋梁倒下了
天降大雨很密集，如饱满的稻粒

杂交水稻之父是人民对您的称谓
我久久仰望星空那颗 8117 号小行星
共和国的勋章，祖国的功臣！
您把不朽的名字植入稻谷飘香的土地里

中国人民的儿子，人类的福星，让我深情地喊您
您的愿望，是晶莹的米粒堆成的
是您让稻田涌起了金色的麦浪
您像一颗种子，种进了世界人民的心田

秋阳映照诗仙的故里

——致诗仙李白

车轮沿足迹的路线飞驰旋转
闪电般的速度覆盖了岁月的光线
在时光的隧道里远行
从现在回到远古潇洒的从前

我在凝神倾听
穿透历史烟云而来的声音
仿若望见呼啸而逝的身影
已站立成一棵松柏的伟岸

站在诗仙的雕像前
俨然站在唐诗宋词的对面
一步一步倒着往回走
看一看诗意与灵魂碰撞的火星蔓延

风流倜傥的醉仙
手拿折扇
扇过风霜雪雨
翩然走过故园

谁手提一筐唐诗

倚着岁月的栅栏
站在远处张望
期待知音出现

我以另一双眼凝视你
看你掠过时空的距离
品味一杯孤独的烈酒
我渴望与你把酒言欢

来吧，大凉山的火把液①已斟满
美酒浓得台风也吹不散
抿一滴醇香美酒
兴许沉醉千年

我以独醉的姿势
在李白的故里留下寻觅的足迹
想穿越古老的城墙
去找寻那颗璀璨的星光

穿越千年
诗的烈焰依然在燃烧
看一眼盛世唐朝的太阳和月亮
是否蜿蜒成岁月雅韵的模样

穿过风尘的岁月
我与你在此相见
我的思绪在旋转

遥想盛唐诗仙律诗的经典

"举头望明月
低头思故乡"
"故人西辞黄鹤楼
烟花三月下扬州"

注：
①火把液是当地酿的一种酒。

第一辑　在这片深情的土地上

穿过秋雨走近了你

——致中国文坛巨匠巴金

巴老
请允许我这样称呼您吧
我的四川老乡
中国当代文坛的巨匠

穿过秋雨走近了你
我在巴金文学院
拍下了一张张与你有关的珍贵照片
我要用诗的语言来表达对你的怀念

认识你，在三十多年前的课本上
你心中有一个美丽的梦
想到吉布的海上看日出
还要去桂林的雨中漫步

繁星闪烁的夜晚
回忆着爱尔克的灯光
在激流涌动的前夜
你的心里燃烧着青春的火焰

"抗战三部曲"

掀起波浪起伏延绵
你的火点燃了民族的热情
"土地也被火光烤红了"

我从你的诗歌里读到了
青春比夜色珍贵
"热血青年勇敢地从黑暗中叫出反抗的呼声
是你们洒着血冒着敌人的枪弹前进"

《家》《春》《秋》"激流三部曲"
凝聚着几多感情的经历
孤灯下的背影
在天地间书写最美的诗句

《雾》《雨》《电》"爱情三部曲"
爱，永远那样年青
把爱的体温锁在黎明
让一滴雨露唤醒沉睡的心灵

读你，在北港溪的黄昏

——致台湾著名诗人绿蒂[①]友人

我倚在故乡的土墙门框
一双忧郁的眼神眺望远方
无尽的等待
在夕阳的路上

夜，抹不去的痕迹
忧伤在记忆漫过的邛海湖畔
在人生的旅途上
终于又拜见了你

品味人生几多无奈的愁绪
历经几多风霜与雪雨
带着秋的记忆
我和你不期而遇

阿里山与大凉山
青溪湖和邛海湖
山与海
存在不一样的美丽

我的台湾友人

手捧你签名的第十八册诗集《北港溪的黄昏》
我也把签字捺印的诗选集《踏着月色的脚步》
呈现于你

带着我的诗集
梦回故里
睡在诗的摇篮里
和着凤凰晨曲

你的风花雪月
伴随那一叶无声飘落的青稚
静静聆听尼罗河上的小夜曲
看一抹秋色渐浓的北港溪的黄昏

注：

①绿蒂，本名王吉隆，1942年生，台湾云林人，现任秋水
诗刊发行人、世界艺术文化学院副秘书长。

诗意的名字

——致著名诗人、作家、画家徐文龙先生

你诗意的名字
如流淌的小溪和水岸的绿草
像天边飘着夕阳的余晖
云烟穿过原野

在一幅幅中国元素的国画中
我看到了祖国天空的蔚蓝
你把绚烂的色彩画进广袤无垠的大地
涂抹成人生最美的相遇

温文尔雅的文龙兄长
你的一首首诗文和每一幅国画让人拍手称赞
让我的诗随季节的情感表达
用最美的语言彰显你的不凡

我斑斓的梦很窄也很短
像夜空的流星一闪
在夜行的路上
借你一根火柴的微光把梦照亮

在遥远的驿站

循着渐远的足音
就这样注视着你
像天边那颗闪亮的星

不在此时，也不在梦里
你是否会想起
那一次次忍住感动的泪水
提灯夜行的背影

蒙上你的眼睛
你能描绘儿时梦里丢失的彩虹
你把画笔轻轻托起
就像托起一片白云

一幅画很小，却是你的眼睛
在方寸的景色里装下整个天空的美丽
触碰到天边的笔尖
打开一个豁然开朗的世界

成昆铁路（外一首）

这是一条彝语叫古洪木底的成昆铁路
你与美国宇航员带回的月球岩石
还有苏联的第一颗人造地球卫星
并称为"二十世纪人类征服自然的三大奇迹"

一个建筑史上的奇迹
这是一片东方陆地上的百慕大
以东经 103 度线与北纬 28 度线为交叉点
时间朝四面八方布置着千古疑悬

九百九十一座桥梁
那是筑路人肋骨叠加的清晰图像
四百二十七座隧道
那是铁道兵呼吸的气浪冲出的缺口

十三次跨牛日河、八次跨安宁河
四十九次跨龙川江的线路
每一次穿行的脚步
都在用生命测量河流的深度

五百米与五千米高度的落差

形成蔚为壮观的地下与空中铁路
一线天石拱桥拱跨 54 米雄居世界之首
那是筑路大军谱写出的一首永恒绝唱

铁道兵

没有显赫的名片
只有靓丽的起点
心中燃烧的火焰
伴随着筑路的誓言

晨曦的第一缕光
点亮在遥远的地平线
你的背影晃动在起伏的山峦间
用臂膀扛起一座座大山

号角吹响的大渡河畔
山谷回荡着列车的轰鸣
火车站旁一个远离时代的梦幻记忆
镌刻铁道兵筑路军魂豪情的诗篇

汽笛长鸣
那是当年铁道兵冲锋的号角
隆隆雷声
那是当年铁道兵劈山的炮声

火红的攀枝花

那是当年铁道兵鲜红的帽徽
悬崖峭壁上的彩虹
那是当年铁道兵织出的彩带

崇山峻岭里的桥墩
那是当年铁道兵烈士挺拔的英姿
这是一支英雄的部队
她的名字叫——铁道兵

泸山九龙汉柏

一座多少人光顾的泸山
位于邛海湖的对面
一次次走进那片三教合一的密林
从没有在半路上折途而返

西汉王朝消失了两千多年
而你却以一种更高的姿势存在
请原谅，大多数到光福寺的观光者
也不能说出你的名字

你饱受千年的磨难
历经大自然的风雨洗礼
你经历了无数的世纪
见证过诞生和毁灭

曾经，火龙掠过你古铜的脊梁
燃烧的火焰从你身边蔓延
这不是你的墓地，你傲视川南
依旧是泸山上闪耀的光点

你孤傲挺立在山峰坐禅万年

苍劲的枝臂伸向云雾缭绕的云端
仰观日月流转俯察人世的沧桑
高昂着头颅看苍穹的变迁

裸露是你最美的温柔

——致廖迅先生发掘命名之黄冰玉

隔着山峦神秘如幻的距离
极目眺望莽莽林海的大凉山
南高原冷峻远古的宝玉
沉睡在崇山峻岭的深山峡谷里

从遥远的二叠纪古生代最后一个时期
历经二亿五千万年岁月的洗礼
火山与地热亲密的熔合
岩浆和熔岩喷发流向大地

七十一种矿物元素围裹着你
大自然恩赐你温婉的美丽
你承受着怎样的地壳挤压
2009年从沉睡中惊艳亮相,横空出世

寻觅亿万年山河大地
叩问宇宙苍穹
怎样造就了你的冷峻坚毅
掩藏的泥土中是怎样的一个奇迹

望着你一身的光华

如夜色闪亮的星星
吸取你像冷月一样的冰凉
直到我生命最后的呼吸

玉靓中华的你
来自故乡金沙江流域
你的灵光
像一颗璀璨明珠照耀着历史

白色的纱裙像螺基山飘逸的云雾
裸露是你最美的温柔
你以神奇和无与伦比的魅力
让天际像冰玉般晶莹剔透

我已倾听到远古的声响
化石般的身躯散发出淡淡的幽香
抚摸你沉静的身躯
为你奔泻纯美的情感而赞叹

沉默的崖柏

昆仑太行秦岭雅江之巅
有你古老神韵的传说
你是植物中的大熊猫
空气里的维生素

你饱受千年的磨难
历经大自然的风雨洗礼
汲天地的精气
积淀万年之沉香

绝迹孤傲
挺立在锋刀利刃的悬崖边
任凭刀劈雷电
独自在悬崖边坐禅万年

你在二千多米思念的断崖峭壁上
苍劲的枝臂伸向云雾缭绕的云端
仰观日月流转俯察人世的沧桑
歪着头看苍穹的变迁

伤害你的人，将你切割燃烧复活

变成一串串精美的佛珠手链
化石般的身躯如此这般透亮
散发出与沉香一样沉醉的幽香

懂你的人，让你依偎在手腕上
弥漫的幽香让人迷失方向
男人把你爱在心里
女人让你紧贴胸膛

沉默的崖柏啊
像怀春的少女情愁绵长
谁是千百年守望的情侣
谁在暗夜的书屋把诗行燃烧

睡美的绿泥石

像东海的蛟龙
灵魂从江河跃起
撞痛一朵沉睡的云
天空回荡脆弱的呻吟

睡美的绿泥石，冰冷的玉
沉寂大渡河的温床
谁知在水里修行了多少世纪
谁曾抚摸过坚如磐石的身体

坚硬不语的石头是脆弱的，在碎裂
工匠让你重生为菩萨或狮子
云游的僧人，双手合十
便有无边普度的悲悯

偶然在大渡河畔与你不期而遇
像遇见钟情一生的"恋人"
棱角分明的你是向善的
因为，你不会主动攻击人

月亮湖在春天的尾巴上写意

——写在西昌三河暨月亮湖湿地公园建设之际

沿着一丛丛蓝花楹紫色的路径
站在一座名叫长板的石桥上
顺着涓涓流淌的西河远远寻望
轰鸣的月亮湖在春天的尾巴上写意

微风中，一拨拨人向她走去
走进梦里，走进心海
走向诗意蔚蓝的画卷
聆听河水轻轻的呢喃

迈着轻盈的脚步再往前走
星光下，月亮升起了一叶风帆
哦，我侧耳聆听
那是三河的流水与布谷的声音

风吹过湿地
把阳光吹向视野的窗口
我分明看见飞天的七彩月桥
在高低起伏的水岸跌宕回旋

时光深处，静静的湖水

浮起了一朵朵的绿叶红莲
用一枚石子试水的深浅
用一片枝叶飘过的水面

这样的意境，让我沉淀在儿时的水塘边
流连忘返于久远的梦幻
已经很满了，在你面前
再也镶不进我曾经的一块池塘

来年，漫山的绿草红叶
将月城的山色装点
滴滴答答的雨水与飞飘的雪花
用它多情的身体将我深情覆盖

谷雨之夜，仰望夜空
月光散发出温柔的光芒
无意间，我把西昌的月光
还有东河海河西河的流水一同饮下

吻别羞涩的草原

走进羞涩的草原
亲吻塞北初春的脸
捧起沙漠绿洲一滴水的柔软
夕阳下把蒙古包的炊烟点燃

惜别昨日沉睡的思绪
感受春风气息拂过脸庞
汽笛鸣响唤醒草原的春潮
山花烂漫在北国之春的枝头树梢

柔情的列车载着西昌的月亮
让心中的梦绕着洁白的毡房
我把行囊悄悄放在炊烟缭绕的蒙古包旁
无数次把心贴近草原的胸膛

这是一次怎样的邂逅
我走进了你羞涩的塞北包头
在希拉穆仁大草原有鹿的地方
我心中的火焰在洁白的毡房里燃烧

在那遥远的地方

马头琴声在草原的晚风中忧伤绵长
谁扯动了相思的心弦
我想你了牧羊的姑娘

心底的那片海
真的好美
吻别羞涩的草原
在希拉穆仁大草原梦开始的路上

春的符号

还没有从冬季的沉睡中醒来
你已悄悄向我靠近
在没有整理好迎接的盛装
就这样展示你唯美的情怀

春的颜色是很美的
绿色洒落故乡的土地
想用诗人的目光找寻春的轮回
找寻年轮上不曾消失的符号

在故乡露珠滴洒的城河岸旁
亲吻你春天绽放的第一朵花蕾
多想长久而紧紧地相拥着你
感受你那久违而温暖的气息

春雨在春分后悄然降临
苍茫的大凉山
沙沙的春雨
不知是否来得太早还是来得太迟

春雨踩着轻盈的步履

绿色铺在了原野
今夜不禁让人想起
"小楼一夜听春雨，深巷明朝卖杏花"的意境

丝丝春雨淅淅沥沥
无声无息飘落大地
浅浅的雨水拍打着诗卷
沾湿了我的梦境

春天的大地渴望着雨水和绿荫
春播覆盖大地
多想让那多情的种子
像星星在夜空不忍离去

春夜的丝语抹不去苦涩的回忆
遥远的箫声飘洒于黑夜的原野
在南高原湛蓝明净的天空里
聆听春归大地的天籁之音

春天的原野

从梦里水乡到观鸟岛湿地
烂漫的鲜花开遍了春天的原野
谁在烟雨鹭洲聆听恋曲，唱醉了西波鹤影
谁在花海丛中与彩蝶一起梦回田园

湿地如一条玉带，环抱邛海
幽雅景观，曼妙风情
人与自然，和谐美丽
世外桃源仿若人间的仙境

低垂的翠柳
摇曳着绿茵丛中漂游的气息
曲径通幽的小路
绽放着刺桐花亲昵的微笑

花舞人间，飘在三角梅的边缘
梦的深处是那姹紫嫣红的记忆
黄葛兰、紫罗兰娇羞的身躯
吐露凉山的风情

透过历史的烟尘

光与影交错、变换
时光轻轻地摇着邛海的水域
升起南高原璀璨的夜明珠

第二辑

藏青蓝的背影

在刀光剑影的路上

我们是一颗颗正义的子弹

热血忠魂是警察最壮美的英雄图画

炽热情怀写下中国警察生命的崇高

藏青蓝的戎装是铁道雄鹰梦中最美的颜色

藏青蓝的诗歌是警察的另一颗心脏

炽热情怀写下生命的崇高

——致西昌铁警战友们

从钢铁银河中提炼一种坚强的元素
从千里成昆线捧出一片泥土的芳香
你以铁的硬度，路的长度
伴随铁道雄鹰，组成特定符号

你，就这样塑造了一群成昆铁道卫士
你把一生的理想与追求
融进江河桥梁　群山隧道
把忠诚镌刻在钢铁银河上

在我们西昌铁路公安队伍里
有为追击货盗嫌疑人而英勇牺牲的郑光华烈士
有全国劳模，彝族"神探"阿米子黑
有 2014 感动凉山十大人物的小站民警朱东

我的战友啊
你胸前缀满的金质奖章，身上留下的伤疤
每一个都是精彩的故事
每一次都是护卫国家财产和旅客生命的神话

你坚强也很平凡

平凡得如铁道上一粒沙
刚毅的脸庞
是铁道雄鹰用热血铸就的金色盾牌

在穿山掠水的大凉山铁道线上
你那警惕的眼睛总是在不停地寻望
贴着成昆线沙马拉达隧道细碎的流水
我们敞开胸膛无悔铁道卫士的称号

生命禁区铁道绵长
那是从指尖延伸的梦想
手捧灿如云霞的木棉
去照亮大凉山沿线的每一个村庄

每一次迈出的脚步
浸湿在铁道上的鲜血
像朵朵绚烂的红木棉
定格在如血的残阳

沿着蜿蜒铁路行走
我要写下一个个名字
让你在我的诗行间穿行
澎湃成一条河流的宽广

海拔二千五百米泥石流侵袭的车站
你把双手伸展成人民群众回家的铁轨
用温暖把旅客冰冻的眼泪融化

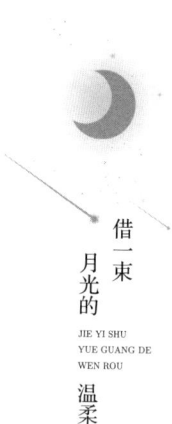

刹那间我泪流满面

我们用脚步丈量钢轨的长度
用汗水浸湿坐标的数字
狂风暴雨中顶立的一个个坚不可摧的汉子
像一棵棵木棉树矗立在铁道旁

盛开的攀枝花澎湃着心岸
一排排藏青蓝的身影肩并肩
在暴风雨中为旅客筑起一道温暖的墙
闪耀的警徽是铁道卫士喷薄而出的力量

小站的夜，所有的人都已入睡
你熬红的双眼是交给人民的一份满意答卷
我们把警情动态作为第一信号
把旅客群众满意作为第一目标

在我们的脑海中
有一种目标叫作铁道平安
在我们的心田里
有一种追求叫作和谐安宁

在最冰冷的地方触摸到闪电
昼夜我们都站在人民群众的身边
为了国家和人民的利益
我们忠诚无悔

你，就这样塑造了一群成昆铁道卫士
你把一生的理想与追求
融进江河桥梁，群山隧道
把忠诚镌刻在钢铁银河上

冰雪灾难中
我们不顾严寒
为千百万旅客送去温暖
抗震救灾里
我们众志成城
奔赴在没有硝烟的战场

面对侵袭如火的疫情
无畏的藏青蓝士兵最美的身影逆行向前
踏上征途，无数逆行者顾不上生命的危险
来不及与熟睡的亲人说一声再见

风霜雪雨里
有一种微笑叫无畏
铁血柔情中
有一种泪水叫隐忍

忘我付出时
有一种幸福叫坚守
熠熠警徽下
有一种荣耀叫奉献

铁道卫士的忠诚
是血管里沸腾的血液
是生命中鲜活的灵魂
是用心灵触摸梦想的音符

闪亮的警灯那么耀眼
宛如中国梦头顶的初阳
让一个民族的精魂定格在崇山峻岭间
照亮东方古老国度的梦想

从奔腾的金沙江到咆哮的大渡河
从巍峨的大凉山之巅到一马平川的成都平原
我们以铁道卫士威武的英姿
把热血洒到每一个小站

在刀光剑影的路上
我们是一颗颗正义的子弹
热血忠魂是警察最壮美的英雄图画
炽热情怀写下中国警察生命的崇高
藏青蓝的戎装是铁道雄鹰梦中最美的颜色
藏青蓝的诗歌是警察的另一颗心脏

仰望群山我们是展翅高飞的雄鹰

雨露甘霖像旭日东升
繁星点点闪烁苍穹
我们用自己的言行
捍卫铁道卫士庄严的承诺

从金沙江到安宁河
从峨眉山到大凉山
我们以铁道卫士威武的英姿
把热血洒到每一个小站

我们用脚步丈量钢轨的长度
用汗水浸湿坐标的数字
仰望群山我们是展翅高飞的雄鹰
俯首平原我们是跨越江河的桥梁

七百多名西铁民警用忠诚
守护着人类征服自然三大奇迹之一的成昆铁路
在巍峨的大凉山之巅
铁道卫士伴随成昆路的历史云烟

在奔腾的金沙江畔

西铁民警聆听母亲河卷起的巨澜
逶迤盘亘的成昆铁路
见证着西铁公安处的成长与变迁

涛涛大渡河，绵延大凉山
在日夜诉说着成昆铁警的英雄壮举
那坚硬的岩石上，那肥沃的热土地
镌刻着成昆铁警深情执着的足迹

头戴国徽
那是象征着国家的荣誉
把警服穿在身上
意味着生命已属于人民

戴国徽的共产党人
像繁星点点闪烁苍穹
斑斓的生命如红叶
装点着她的美丽

我们比不上海贝的五彩斑斓
也要像海贝一样经得海浪的击打
让时间在铁道卫士身上刻下
"忠诚"的誓言！

我们是党的有力臂膀
举起国家安全的重担
为了国家和人民的利益

我们青春无悔忠诚无悔

旋转的车轮旋转着西铁警察的梦想
我们紧握人生的坐标
让心中那份坚守燃烧在成昆线上
迎着晨曦的阳光奔向远方

前行的步伐伴随着铿锵节奏
蜿蜒的路上唱响着战斗之歌
我们在万里铁道线上奋力奔腾的气势
我们用忠诚抒写辉煌灿烂的历史篇章

我们紧跟时代前进的步伐
担当起铁道卫士的重任
我们是战斗在成昆线上的忠诚卫士
把旅客生命财产安全的曙光洒在钢铁银河上

这个颜色的灵魂从不会改变

——致西昌铁警战友们

一场盛宴在宽敞的大厅拉开雄鹰北飞的序幕
从成昆时代延续着迈向川藏、高铁时代的步伐一刻也不停留
昔日的风霜雪雨与刀光剑影镌刻在历史的丰碑里
永不消逝的符号成为人生最美的记忆

这颗激动的心与我一同走进陪伴十年的地方
我确信，在这里听到的每一种声音
除了让我沉入昨日的风声云起
还将一直澎湃着火红的梦想

我用眼睛触摸
触摸那些更具历史性色彩的画卷
就像今天，戴着红花精彩亮相的列队士兵
以威武的姿态接受最隆重的检阅

我选择把光影的瞬间定格在这个特殊的时刻
从一种步伐走过四十一年的光辉岁月说起
蜿蜒曲折的铁道上闪现成昆卫士的身影
每一座跨河的桥梁与穿越的隧道都记录下历史的承诺

钢铁银河留下的坚实脚印铭记着藏青蓝的忠诚

天空下，回荡着初心不变勇于担当的铮铮誓言
我们的血液里流淌着炽热的情怀
砥砺前行是成昆铁警永不磨灭的秉性

我常常注目着这个深情和谐的颜色
你与大海和天空的碧蓝融为一体
把西铁公安的忠诚奉献之魂与祖国的平安融为一体
警徽照耀，我们以高昂的斗志迎接下一个曙光升起

警灯照亮蓉城天府新区的夜晚
再往前走，一直走进新征程的洪流里
一个抒写童话世界的时代即将打开
我用心境述说对陌生世界的爱恋

无论是寂静的大凉山
还是在喧嚣繁华的都市地段
这个颜色的初心没有改变
这个颜色的灵魂，也从不会改变

我们以生命中最优雅的姿势

——致第一个中国人民警察节

从漳州诞生"110"的初心开始
我们以生命中最优雅的姿势迎接你
握着属于自己的最崇高的荣誉
我们用五彩的笔描绘出壮丽的蓝图

透过戎装
我触碰到战友的心跳
那一束耀眼的警徽把海空照亮
映红了两百万中国警察的脸庞

警旗上镌刻着我们闪光的名字
忠诚的底色是我们身披的藏青蓝
仰望着,仰望着旗帜的神圣
我们用火焰般炽热的情怀向您表达

警徽镶嵌在红蓝两色的旗面上
左上角的图案那是警察的心
警徽托举起人生的意义
在新的起点上我们把生命点燃

举起右手

就举起了使命与担当
肩扛警旗
就扛起了人民的殷切希望

响亮的誓言在祖国大地上回荡
藏青蓝的身影在警徽中闪光
我们高扬人民警察光辉的旗帜
我们的光荣在鲜红的旗帜上飞扬

旗帜飘扬的方向
不仅凝聚七万铁道卫士
更凝聚了两百万中国警察的目光
我们的眼眸闪烁出湛蓝的光亮

金色盾牌是胸中的火焰
我们的名字护卫着国徽的荣誉
敞开胸膛，无悔人民公安的称号
炽热情怀，写下生命的崇高

闪光的警徽，是我们不变的心
银色的警号，就是一份不变的情
我们用挺立的腰杆为百姓遮风挡雨
在城市与乡村，我们谱写爱民为民的心曲

耀眼的红色已融入我们的血脉
醉人的蓝色凸显我们忠诚守护着万家平安
那抹血染的红与忠诚的蓝组成的靓色

冉冉升起在祖国这片深情的土地上

在烽火硝烟中，我们锻造出忠诚
在风浪搏击中，我们磨砺出坚强
把滚烫的热血融进光辉岁月
我们用青春捧出火红的人生

刀光剑影中，我们将身影放大
我们用热血谱写共和国卫士的忠诚
踏着铿锵的节奏，紧跟时代的步伐
我们英勇无畏，永远向前

跨越与忠诚

——西昌铁路公安处处歌

你在巍峨的大凉山之巅
伴随成昆路历史云烟
你是铁路稳定的保障
你是旅客信赖的力量

共和国的人民警察
成昆路上的忠诚卫士
峨眉山下伴随威武的英姿
金沙江畔辉映巡逻的足迹
你用青春书写壮丽的人生
你用炽热点燃万家灯火

啊，在刀锋的月亮边缘
银光照亮你守护的身影
你虽没有流星那么耀眼
却把瞬间的光芒留给人间

你在奔腾的金沙江畔
聆听母亲河卷起的巨澜
你是黑夜不灭的明灯
你是成昆路安宁的港湾

共和国的人民警察
成昆路上的忠诚卫士
铁道线上践行庄严的承诺
飞奔的列车上情注无私的奉献
你用慧眼注视每一个角落
你用身躯护卫旅客平安

啊，在雨夜的凉山小站
警徽闪烁是那么的耀眼
你虽没有海贝那么斑斓
却用忠诚托起一片蓝天

云端上的那一抹藏青蓝

——致西昌公安处甘洛站派出所的战友们

打开凉山虚掩的北大门
就打开了一片片阳光，一座座彝家的村庄
轻轻推开，我看见你伫立在那里
像一面旗帜飘扬在云端之巅

甘洛，一个四等小站挂在半山峭壁上
每天停靠的列车把山里山外串联成一条线
九十七级台阶承载着铁路警察的感慨
每天四个来回往返候车室与站台之间

无论春夏秋冬风霜雪雨，出警的路上
你的脚步便和执法仪一同闪烁
一分钟，两分钟……快点，再快点
四百步，每次上下台阶就是与时间赛跑

天空的那一抹蓝
像穿梭候车室与站台间天梯上的身影
我的文字很轻
承托不起战友们二十四小时的疲惫和辛勤

21 位铁道卫士

火红的青春与生命在悬崖的铁道旁燃烧
战友们共同的秘密是藏青蓝下的忠诚
是浅蓝色衬衫上的一滴滴汗水

无论你是内保、消防、反恐
还是治安、站勤、线路民警
每一个称谓，都是一部雷达一个探照灯
流动的哨兵如风，像巡逻车上的眼睛

甲古甘洛，凉山美丽的版图北端
大渡河畔的卫士，您的眼中有一种超凡的想象
不仅把伸向远方的两根钢轨看作制约犯罪的栅栏
也把通往彝乡山寨的路径视为铿锵的诗行

您的名字在千万人海中闪现
您的身影在大山深处的铁道上重复
您从没忘记和辜负人民的重托
也不敢放弃用热血与生命护卫的钢铁银河

多少年了，有的战友来到这里就从未离开
匆匆走远的人啊，却依然把心留下
像凉山自古的彝族谚语
"人到甘洛不复返，石沉水塘不回还"

城市和乡村、小站与铁道安详地睡着
因为有警察通宵地醒着
您用火一般的激情温暖过往的旅客

让警徽的亮光留驻在每个人的心上

甘洛的杆杆酒
飘香在索玛花开的地方
洁白的察尔瓦
披毡里裹着的是彝、汉、藏、蒙民族的梦想

打开门，走进去，把危难挡在身后
打开门，走下去，把安宁祥和牢牢筑起
我的诗行是岁月高高举起的手臂
一群藏青蓝的身影奔跑在时代的路上

战旗永远飘扬在成昆之巅

——致西昌铁路公安处喜德站派出所战友们

你是彝族母语标准话的源头
你是"红黄黑"三色漆器绚丽迷人的地方
喜德拉达①镶嵌在大凉山北部的一颗璀璨明珠

这是一条彝语叫"古洪社呷"的成昆铁路
一条穿越生命禁区的地质博物馆
1970 年，火车从山寨中间穿过

你以一棵松柏的挺立
用"阿穆科"②仰天的头颅忠诚地守望
手捧灿如云霞的木棉
去照亮大凉山沿线的每一个村庄

云端在红峰脚下
贴着沙马③拉达细碎的流水
生命禁区铁道绵长
那是从指尖延伸的梦想

忧伤在记忆漫过的小站
曾经的鬼影
使当今世界人类征服自然三大奇迹之一的成昆线

承受着肆虐无忌的人祸

当黎明的第一缕光点亮大凉山铁道线
你"阿穆科"在晨曦里悄然启航
沿着蜿蜒的铁路行走
扑面的寒风吹打着你的脸

头顶的蓝天闪耀着警徽的光芒
"平安铁道"是植入你内心深处的永恒绝唱
没有靓丽的起点
摸清治安隐患的征途漫漫

警务改革的措施几番酝酿
防范打击澎湃成一条河流的宽广
终于实现治安长期稳定
你用忠诚和奉献践行着从警的誓言

在泥石流侵袭的车站
你把双手伸展成人民群众回家的铁轨
用温暖把旅客冰冻的眼泪融化
刹那间　你是那样泪流满面

站在红峰 2244 米的成昆之巅
俯瞰乐武铁道盘山的展线④
汽笛鸣响穿过寂静的江河桥梁
钢轨把思念延长得好远好远

海拔 4500 米高耸入云的俄尔则峨山峦
一座被彝人祖先用母语命名的雪山
漫不经心地展现凉山雄鹰的肖像
述说着成昆铁道卫士各自的平凡

瓦合布尔⑤的山风吹走了冬的严寒
铁道卫士聆听杜鹃鸟唤醒大凉山的春天
铁道雄鹰守望在喜德拉达
战旗永远飘扬在成昆之巅

注:

①拉达,彝语山沟。

②阿穆科,彝语公安。

③沙马,彝族姓氏。

④展线,盘山而上的铁路,俯瞰像 8 字形一样。

⑤瓦合布尔,喜德一处地名。

在地球最长的车厢里

——致西昌铁路公安处乘警战友们

在英雄花（攀枝花）盛开的地方
青春的血液融入你挺直的脊梁
从银色的月光下迎着生命的晨曦
从一个城市到另一个城池陪着人们旅行

你在钢铁银河上编织中国铁警的梦想
你在列车上弹奏出和谐的爱民乐章
一曲朴实无华的颂歌
吟唱一个平凡默默奉献的群体

一次次为百姓伸出温暖的手
你的爱在目光里闪烁
厚重的藏青蓝遮掩着内心的呐喊
一个崭新的起点被阳光瞬间照亮

夜阑人静，灯光依稀
你的脚步放得很轻
悄悄走进硬座铺位
不忍惊扰旅客甜美的梦境

暮色淡淡的夜晚

你穿梭车厢的蓝色背影
在无边的夜色里
抒写着青春芳华的初心

你像一盏灯
伫立在旅客回家的路径
岁月的诗行里谱写你如莲的心境
人生的画卷中雕出你岁月的永恒

在地球最长的车厢里
我读懂了铁警在人民中的分量
你把炽热情怀装进车厢
把人民的安危放在心上

警徽下绚烂的铿锵玫瑰

——致双流高铁站女子警务队

你的身影并不高大
总是不知疲倦地穿行在春秋冬夏
你的名字也不耀眼
可那一抹亮眼的藏青蓝巍然挺拔

你就这样悄悄地迎着生命的晨曦
你就这样默默地披着一路的风雨
你把爱洒向这片多情的土地
你用青春和热血诠释对人民的一片丹心

你的血脉中流淌着炽热的忠诚
你的生命里跌宕着激情的旋律
风霜雪雨中穿梭着你蓝色的背影
熠熠闪光的警徽里有你明亮如炬的眼睛

闪耀的警徽是一朵警花的心
银色的警号是一份女儿的情
让我把一朵朵色彩绚烂的警花
用诗歌串缀成一个个壮丽的神话

你用忠诚抒发着警察的爱

温暖的语言像子弹般射出
那直抵内心的火焰
把离家少女冰冻的眼泪融化

谁的笑脸常在梦中出现
谁的身影那样清晰依然
谁将摔倒的老人与家里取得联系
谁把丢失的物品送还失主的手里

警徽下绚烂的铿锵玫瑰
双流高铁绽放的花蕾
你把藏青蓝的庄严染成一面旗帜
覆盖了列车驶过的大地

时间从指缝间滑过
有一天，你巡逻的脚步会变得迟缓
双肩也扛不起晨曦的太阳与夜幕的月亮
可你，却用忠诚托起一片蓝天

你是挺立黑暗中的一盏灯

——致西昌铁警公安战友们

在蜿蜒的钢铁银河上
我听到的只是汽笛的鸣响
动车和普速列车乘载着卫士的名字
忠诚伴随着你在车站广场与巡守的路上

你是挺立黑暗中的一盏灯
我不知怎样才能赞美你绚烂的光华
一双双眼睛，注视风吹草动的警觉和守望
每一个哨位，始终保持着永远笔直的姿势

我一直想为寒风中的战友写一首诗
在平安宁静的万里铁道线上
写星空下人民警察脚步铿锵的回声
在银装素裹里挺拔的身影

寒冬的夜，北风很冷
我们身披戎装，守护岁月静好
在人们不曾留意的地方
请别忘记警察的存在，这就足够了

也许，有一天突然倒下

有时候可能连一句话也没有留下
当那一天真的来临
我愿为祖国和人民献出自己的头颅和身躯

当一轮朝光照射大地
在成昆铁路生命的禁区，留下如歌的岁月
在视角敬仰的最高处
捧出世上最美、最火红的攀枝花

无畏的藏青蓝

站在大凉山把你遥望
你逆行的身影牵动着我的心
雪花中，一幕幕动人的场景
润湿了无数人的眼睛

来不及与熟睡的亲人说一声再见
挥别的泪总是那样滚烫
月光下辉映着疾行的背影
风中便传来急速的铿锵步履

月光下，你身披藏青蓝的战衣
冲上去，就是一把锋利的尖刀利剑
晨曦中，铁道卫士的身影走向遥远
站立着，就是一座巍然屹立的铁塔

在列车这个流动的封闭世界
是列车乘警为生命护航
将一个个旅客挡在身后
隔离在安全的空间

在钢铁银河的每个车站

你的双肩扛着责任与奉献
无论是奋战一线还是坚守一方
你都是无畏的藏青蓝士兵

我要用最美的词句抒情
用母语写出中华挺直的脊梁
让我的诗歌抵达火焰喷射的端口
任何时候，你的血脉都与人民相连

我看到枫桥最美的画卷

伫立南高原，我会寻望很远
我看见枫溪江上一座诗意的桥
透过警徽触碰你的心跳
五十六年，一直为爱而燃烧

你的行囊带着使命与担当
矛盾不上交，就地解决消化
平安不出事，用忠诚来护卫
服务不缺位，用爱来兑现

枫桥经验，就是爱的奉献
正从平安枫桥向平安铁道蔓延
让枫桥社会治理的典范
完美呈现在人民的面前

热血与忠诚铺满了钢铁银河
阳光下，月光里
在城市与乡村，蜿蜒的铁路旁
铁道卫士的警徽似一束光那么闪亮

我听见比车轮咬合铁轨还响的声音

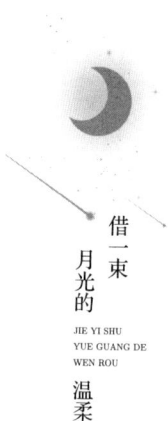

她贴在动车的玻璃上
我看到了战友们像一颗颗道钉
把青春芳华，把生命镶嵌在万里铁道线

无论岁月如何变迁，时光无言流转
在车站广场，在飞奔的列车上
那一个个蓝色的背影
为民服务，为旅客排忧解难的初心不变

在风雨里，在飘落的雪花中
你们站在了旅客群众的面前
绵阳、广安、六盘水、西昌等七个车站派出所
你们已经成为新时代西南铁道枫桥亮丽的名片

铁警，钢铁的战士
坚定的方向，砥砺前行
我看到枫桥最美的画卷
这个季节，硕果如此饱满

铁道雄鹰之恋

在嫦娥奔月的天边
那是我们守护的铁道线
脚下是奔腾的金沙江
身后是巍峨挺立的大凉山

在西昌铁警威武的队列里
我们用坚实的臂膀托起列车的奔跑
在跨越梦想激昂的号角中
我们用忠诚铸就铁道的安详

啊……
忠诚的铁道卫士
风霜雪雨
遮不住我们执着追求梦想的信念
春秋冬夏
挡不住我们铁道雄鹰前行铿锵的步伐

在雄鹰翱翔的大西南
那是我们美丽的家园
脚下是蜿蜒的钢铁银河
身后是照亮平安的灯盏

在人民警察光荣的队伍里
我们用血染的风采捍卫不朽的警魂
在新时期改革的洪流中
我们用奉献谱写豪迈的诗行

啊……
忠诚的铁道卫士
我们攀越了长满荆棘的南高原
我们趟过了波涛汹涌的金沙江畔
在那远遁的轰鸣声里
我们用热血和生命守护着成昆川藏川南铁道的安宁

你的身影

走过历史的足迹
可曾回首深深地凝望
你的脚步是多么矫健
国徽下的身影是那样挺拔

历经岁月的沧桑
追寻跨越时代的梦想
你的眼睛是那样深邃
铁道卫士的情怀像海一样宽广

从车站到货场
处处都有你的身影
从城市到乡村
处处播撒你的赤诚

你忠诚守护铁道安详
用微笑拥抱黎明的曙光
金色的盾牌金色年华
刀光剑影里何惧热血洒

小站卫士情

夜雾弥漫的凉山小站
蜿蜒在崇山峻岭之间
夜雾挡不住绚丽的景
夜雾遮不住卫士的情

电闪伴着雷鸣划破寂静的小站
当我向你走来结下了不解情缘
一声悠长的风笛牵动着我的思念
驻守在这里守护着一方平安

细雨洒落脸上
警徽在黑夜中闪耀
漫天飞飘的雪花
阻挡不了寒风中巡逻的身影

焰火升起，在小站天空的那片云霞里
寂静的夜，月亮在盘山的铁道上穿行
在那远遁的轰鸣声里
铁警守护着钢铁银河的安宁

致敬光影中的警蓝

——写给第二个中国人民警察节

在红蓝色飘扬的旗帜下
共和国的藏青蓝卫士们
有的人还满头青丝
有的却已满鬓白发

他们高举着火红与深蓝的荣光
以国家和人民的名义托起磅礴的力量
透过那些平凡而超然的眼眸
无往不胜地冲锋在逆行的路上

旗帜飘扬，如波涛般汹涌激荡
心中的血，似骄阳般火热滚烫
这颗激动的心啊
一直澎湃着两百万警察火红的梦想

是的，有一种颜色与祖国的山川一样壮美
它历经了白、绿、蓝三色的变迁
把大海与天空的碧蓝融为一体
仿若灿烂的朝阳和霞光在岁月的秋光中光彩夺目

我知道，你每一次出征

担心年迈的父母，白发送黑发
我记得，你的每一次归来
都在内疚，给妻儿留下的牵挂

那个难以入眠的夜晚
我看见那些倒下的战友血染戎装
他们共同的名字叫英雄
他们的灵魂依然在战友们的血液里奔流

此刻，我要向警察英模战友致敬
聆听你血流的奔腾与英勇的颂歌
此刻，我致敬光影中的警蓝
致敬灿如云霞南方绽放的红木棉

此刻，我看见蓝色的身影汇成的洪流
红色的火焰点亮城市、乡村、万里铁道的光
我该怎样表达心中的赞扬
您用大爱谱写出一曲曲生命的华章

燃烧的火焰

——致身着新式警礼服的中国警察

今天的主角——是我们自己
人民公安，这是全世界唯一的名字
就在今天，穿上憧憬已久的警礼服
将自己的青春和生命溶入光影的永恒

这是一幅波澜壮阔的时代画卷
用影像定格从警荣耀
这个春天，我深情地注视着你
眼眸中闪烁出湛蓝的光亮

这是炙热的温度与大海的气息汇聚的交响曲
这是季节深处与时光之碟上留存的声音
这是注定震撼两百多万中国警察热血忠魂
所呈现出最壮美的时刻
亦如复兴号奔驰在祖国大地上所发出的阵阵轰鸣

是啊，相拥着这面彤红与深蓝的旗帜
一个敬礼，怀揣着忠诚
血染的每一分每一秒
都透着我们的血与汗，闪动着泪与光

蓝天下，唯美的精彩画面
跳跃着铁道卫士生命的脉动
这一刻，仿佛又重现成昆铁路蜿蜒盘旋的"生命禁区"
那些已经逝去的、无法再现的那一个个国徽下的身影

光影中的警蓝
有的人还满头青丝，有的却已双鬓白发
永恒的瞬间，记录下从警荣耀的纪念
铭刻着从警生涯的无上荣光

每一张熠熠生辉的英姿
与承载的记忆都精心装裱在相框里
永不消失的符号
镌刻在历史的丰碑中

五星、麦穗、盾牌辉映着不变的初心
肩章、领花、警章闪耀着金色的光芒
领带、胸徽、姓名牌就是一份永不褪变的本色
沸腾的内心，述说着对警察职业的眷恋

在时间的匆匆脚步下
面对绚丽而灿烂的红与蓝
我要致敬，致敬共和国的公安、国安与司法警察
我更要致敬，那些未能穿上警礼服的藏青蓝士兵

在时光的裂隙和悄然疾行中
我用低至于尘土的视角

回望自己从警三十余载的峥嵘岁月
在匆匆走过的进程中聆听光阴的故事

明天，我就要脱下戎装
一个甲子的岁月，如风逝去
穿上新警服的铁道卫士
心里永远有一团燃烧的火焰

成昆铁道绽放的花蕾

——致西昌铁路女警战友们

迎着时代的脚步
从风霜雪雨中走来
你用烈火般燃烧的真情
谱写大动脉如莲的心境

穿着威严的警装
奔赴在没有硝烟的战场
寒风中铁道巡逻的身影
亦如海疆天空那颗闪亮的星光

从警的路很弯
弯得亦如雨后的彩虹
闪耀的警徽是一朵警花的心
银色的警号是一份女儿的情

烈日炎炎，汗水浸透衣襟
你用双肩托起一个个沉甸甸的希冀
在藏青蓝的世界里
用青春抒写芳华的初心

用浩瀚的蔚蓝

打量着天地间的气概
用藏青蓝的厚重
宣誓着警察不变的承诺

从这片挚爱的土地
捧出一片泥土的芳香
把忠诚镌刻在钢铁银河上
把一生的理想与追求融进警营

出发，向着时光的远方

——致成铁公安局广汉实战演练枪弹管理的公安战友

夜色里，伸手拽住一缕故乡的月光
在薄雾的青纱帐里，为你抒一纸墨香
眷恋灯火阑珊的鸭子河岸
我的目光里有你，你的眼光中有我

此刻，鸭子河畔是静的
水中的那个影子不时把头掩藏
此时，曲径的草地是静的
月色落满叶瓣，露珠滴落草尖

歇歇你的脚步，让梦中失落的风筝
靠近我的肩膀，不让你把我遗忘
就这样走吧，不再转身
这是梦的起点，出发向着时光的彼岸

沉醉人生的美丽

——致全国优秀人民警察济南公安处民警周广成

隔着山峦神秘如幻的距离
极目眺望巍巍的泰山
春光明媚的卧龙峪
我认识了躲藏在泰山脚下的你

与我同龄的周广成
警营里别样的你
结缘在字画与奇石的天地里
沉醉人生的美丽

一幅长达 6 米的泰安所辖区示意图
你那苍劲有力的书画
与惟妙惟肖的警营文化交相辉映
成为警务区一道亮丽的风景

岁月的脚步
渐行着你的容颜老去
那些冷峻远古的奇石
是大自然恩赐的温婉美丽

玉靓中华神态奇异的泰山石

沉睡在深山峡谷里的秘密
迷幻般的"奇石世界"
有如梦一样的痴情和磐石般的执着

寻觅亿万年山河大地
叩问宇宙苍穹
怎样成为你
造就了你的冷峻与坚毅

白色的纱裙像泰山飘逸的云雾
裸露是你最美的温柔
你以神奇和无与伦比的魅力
让天际像冰玉般晶莹剔透

我已倾听到远古的声响
化石般的身躯散发出淡淡的幽香
抚摸你沉静的身躯
为你奔泻纯美的情感而赞誉

战歌嘹亮

——写在西铁公安处宣教大练兵之际

风雨中，矫健的身影
守望着黎明的晨曦
警歌嘹亮是行进的序曲
金色盾牌是心中的火焰

身着战衣
踏进征战沙场的较量
竞技场上青锋亮剑
搏击的目标就在前面

捶打磨砺，酸甜苦辣
写满练兵澎湃的诗篇
在搏击的战场
汗水浸透衣襟，渗入足底

那一双双握枪伸展的手臂
仿若一条通往梦想的射线
另一只手弯曲成半个圆圈
优雅成坚固的支点

苦乐紧张早已习惯

背负重担只为凯旋
耀眼的战绩蕴涵不寻常的平凡
你用汗水融化冰雪山川

晚霞辉映藏蓝色的背影
我们的手握紧着照相与摄像装备
一声令下疾如箭发
一路战歌慷慨激昂

我们用画笔描绘出时代最铿锵的步伐
我们用光影捕捉警营最精彩的瞬间
我们用文字讴歌铁道卫士最美的篇章
我们用忠诚镌刻宣传战士最崇高的使命与担当

在深秋的枫叶里

——写在2019全路公安文学创作班

一声汽笛划过夜空
飞驰的列车载着我
载着梦，载着光阴的故事
驶进彩虹飞天的二十一座廊桥

到一趟柳州不容易
多么幸运，连续六年我来了八次
每一次，都在追赶诗歌的影子
一路上，诗歌在我心中炽热燃烧

用我的方式抵达天空
站在柳侯公园的山顶
透过薄雾的轻纱寻望
仿佛看见有人在远方微笑

在铺满诗意的水岸
轻轻念着熟悉的名字
我在深秋的落叶中苦苦地等待
某些吟诗的人一直没有出现

庆幸与精美的奇石相遇

传说这里有一个美丽的石头会唱歌
谁抚摸过坚如磐石的身体
谁用心体味过它的孤寂

我在深秋的枫叶中写诗
记录这些年的心路梦语
用那散落一地的丝丝悲伤
堆砌成我生命中唯美的诗行

柳江河岸传来热情的吆喝声
老店冒着热气，碗里浸着米粉与螺丝
喝着忘情的水
我好像喝出了乡音

曾记否，那年深秋
我在诗中与你相遇
今夜，南疆绵绵的秋雨
淋湿了，淋湿了我的心

触碰到天边的笔尖

——致公安部一级英模上海铁路公安局民警张欣

不用隐去你的名字——张欣
你如同流淌的小溪，渲染进我的诗行

你的每一幅画，让人拍手称奇
活灵活现的人物，彰显着不凡
轻轻提起的笔
托起了一朵祥和的白云

秋天的落叶里，飘洒果敢的影子
又迅速消失在雨中
是急于赶路，更是肩负着重任
夜行中，你像一根火柴擦亮了黑暗
在方寸的景色里
装下了整个天空的美丽

你斑斓的梦很窄，也很短
就像滑过的流星
陨落在了大地，却又照亮了大地

忠诚无悔

——致公安部二级英模呼和浩特铁路公安局彭刚

有一颗银色的警徽闪耀着荣光
有一把利剑直捣魔鬼老巢
有一双慧眼日夜注视着铁道前方
有一个响亮的名字永远镌刻在飘扬的旗帜上

草原的天空亮出了雄鹰飞翔的翅膀
把冬日的枯草揉搓成原初的味道
以尖利的牙齿撕开一片片云雾
用尖锐的心去冲击云海与山峦

你是铁道线上的一名铁血神探
让潜逃十三年隐姓埋名　易容换面的灭门元凶归案
当你正视邪恶，狂徒按响自压式手雷的瞬间
当歹徒扣动扳机时，你经历了怎样的生死考验

你闯出一条情报导侦信息化建设发展之路
沿嫌疑人行为轨迹刻画出各类犯罪模型
历经十四个月抓获二十八名嫌犯
破获占自治区全年总量 80% 的辉煌战绩是那么的耀眼

你首创了国内边境口岸快速引渡机制的亮点

你和战友们披荆斩棘亮剑在中缅边防线
你把双手伸展成人民群众回家的铁轨
让十四名被解救的拐卖妇女与失散的亲人团圆

你乔装打扮深入狼窝
一次又一次殊死激战
浸湿在大地上的鲜血
像铁道旁绚烂的木棉

你以战士的气魄与风骨
经受住了血与火的洗礼
你说假如有一天我走向了没有月光的尽头
请别用泪水和伤悲把我掩埋

孩子他爸呀
大年三十的夜晚
儿子在雪花飘落的门前等爸爸
你说欠孩子和家人的情债无法用语言表达

八十多岁的父亲腹主动脉血管瘤手术躺在病床
追捕的路上，泪水在眼眶里打转
你说只有亲人懂得安宁的夜晚
警察有着比星星更多的守望和牵挂

孩子大了
自己何曾尽过父亲的责任
父母老了

自己何曾分担过他们的艰难

很多时候你真的很想念亲人
早已习惯在每一个晨昏走进牵挂
当你独自面对烟火升腾的时候
这份思念更是一再叠加

每当窗外吹过丝丝的微风
总能想起亲人的笑脸
让风寄予一份思念
让雪花写一首情诗

忠诚是那荒野上燃烧的火把
忠诚如同永不枯竭的泉眼
大草原闪耀的警徽
永远纵横着你血染的忠诚

时间会记着你
历史会记着你
让英雄走进荣誉的殿堂
致敬我心中的警察英雄——彭刚

把爱融进祝福
把忠诚刻进不朽的丰碑
晨曦中升起的那一轮朝阳
就是人民送给你的金色奖章

铁血警魂

——致公安部二级英模西昌铁路公安处杨铁流

铁轨的冷漠
丈量着不屈的意志
流动的呼噜
晕染过轻轻的脚步

睿智的眼睛
划破过无数居心叵测的胆怯
疲惫的微笑
安慰了无数回归与探望的琴瑟

每一个站台
都是热血沸腾的开始
每一个标准的站牌下
都矗立着一幅幅庄重的威武

一个小小的警察
这个美好的世界与你有关
铁道的安详与你有关
无数期待的目光与你有关

你用挺拔的身躯

安抚老百姓惊恐的神色
你迈出急行的每一步
仿若脚下的枕木　排列成诗行

那撕破宁静的呐喊
回荡在苍茫的大地上
一个个日落未归的人啊
用忠诚拯救无数生命的神话

朝阳与晚霞红韵
记载着聚少离多的岁月
人间的大爱
铸就成一股勇往直前的铁流

叶子上空那颗最亮的星

——悼念河北省公安作协主席徐国志

夏季滴落的雨
是怀念的追思
轻轻地，你走了
未曾谋面的写诗兄弟

你走的时候正落雨
泪水哗哗流满一地
天在哭
哭你走得太年轻

曾记否，在诗刊中与你相遇
忘不了，彼此同住一个群落里
你如那棵《行走的树》
身影依旧在古树旁伫立

感叹生命的短暂
转瞬消失燃烧的火焰
叶子上空那颗最亮的星
寂静的夜空是否寒意？

生命的旗帜如一盏灯的火焰

——致公安部二级英模重庆铁路公安处烈士朱彦超

时间越过历史的沼泽
放慢脚步沿龙台山长满青苔的山岗
在碎石和瓦砾隆起的废墟上
我把高过头顶的花环虔诚地瞻望

我攥紧这积蓄丰厚的战友情
将一个崇高而耗竭的生命凭吊
我想用轻轻的指尖
抚过你丰盈而华洁的容颜

重庆沙坪坝四梨铁道线
一个人影在石璧山隧道怪异出现
老乡等一下　火车快来了
那人丝毫不停越走越急

你追上去的脚步缩短着正义与邪恶的距离
谁能料到逃窜路上那个诡秘匆匆的人
正是十分钟前枪杀两条生命
劫走十九万巨款的嗜血恶魔，周克华

丧心病狂的魔头遭遇你的盘查

顿时露出狰狞的嘴脸
当罪恶的枪口对准你的一刹那
你始终保持着向邪恶逼近的姿势

恶魔扣动扳机，连续三枪
罪恶的子弹从你的头颅腹部正面穿行
你流尽最后一滴血
离开了这个无比眷恋的世界

你没有一句豪情壮语
只留下镶嵌在铁道上深深的足迹
鲜血凝固了钢轨路基
陨落的星星依旧照亮着大地

一张年青的面孔
生命定格在二十九岁的年轮上
你用青春兑现梦想
用忠诚诠释了人民警察的使命担当

生命的旗帜如一盏灯的火焰
誓言直抵生命最后的亮点
无论你是站立还是躺下
任何一种姿势都值得尊敬

我的情怀不能包裹起山川河流
可我的心海却能荡漾一个平凡人的身影
远去的战友请允许我不以高歌的方式嘹亮你

你的离去揪住了太多人的心

你总是风里来，雨里去
每一次总是匆匆的相聚
我在梦里呼唤你
等你在回家的路径

我明白，做一名警察的妻子
即使是柔弱的臂膀，也要扛起一份担当
你浅笑里映着的警服有如天空那样蓝
警徽被你用生命的光辉擦拭得这么耀眼

亲爱的，对不起
请原谅我这一次让你等得太久了
我不能再给你执手相望的时光
让我的心在你的思念中飞翔

小超你在哪里？妈妈想你
妈妈，我在你梦里
妈妈知道你从小就仰慕警察
是的妈妈，那是我一生的追寻

来不及与花白的双亲告别
等不了与妻子叮咛别离的话语
昂扬的剪影在远行的路上
散发出耀眼灿烂的光芒

你用满腔的热血铸就无悔的忠诚
你用生命的代价兑现从警的梦想
你用瞬间的壮烈谱写人生的永恒
你用定格的青春传承铁道卫士的荣光

不朽的丰碑

——致公安部二级英模重庆铁路公安处何世林

迈着沉重的步履
我走进与你战斗过的生死兄弟
隔着时空，分明看到一个身影
迎着风雨，走向美丽

多少个晨曦与黄昏
多少次披肝沥胆
紧握正义之剑
在枪林弹雨中穿行

细雨蒙蒙的午夜
苍白的面容，冷汗湿透衣襟
站立的身躯轰然倒下
仿若一道闪光穿透大地

直到生命的最后一刻
你仍保持着冲锋的姿势
多想静静地再看一眼
谁曾预料，人生的路走得太急

风吹乱了孩子的头发

闺女在寒夜的门前等父亲
颤抖的声音在静寂里融化
爸爸，您啥时能回家

每一次出征
总留下几许牵挂
你说欠家人的情债无法用语言表达
谁，常常从暗夜的梦中惊醒

女儿抽出一张张珍藏的照片
眼泪早已悄悄流淌
那双纤细的手抽出思念
抽出了一个个唯美的春天

你盖的那床被褥已拆洗
在阳光下晒过
仅有的两双皮鞋都打了油
袜子和皮带在鞋柜的抽屉里
那件带血的警服
干净地在衣柜上方

你走了，向着远方笔直地行走
双脚在铁道线上踏出波浪
与你相濡以沫二十年
失去的，亦如被拆去肋骨般的痛

岁月，从生者的指缝间滑落

在没有月光的路上
你远去的背影
抖落了几多风霜

倒下亦是共和国不朽的丰碑
厚厚的信札在战友心中燃烧
鲜花插满绿色的墓地
为你送去延伸了清明的祭奠

沸腾的血脉里奔淌着炽热的忠诚
永无止境的生命中跌宕着激情的浪花
我多想以青山绿水为笔墨
在这片挚爱的土地抒写铁警的豪情

坐标向前

——致"时代楷模"吕建江

吕建江，石家庄的一位社区民警
这个名字与身后救助的百姓联系最多
你说自己是警察
但警察的前面应该还有两个字
那就是
——人民警察

头戴警徽的中年汉子
为民的事迹撼动大江南北
从社区到村庄
从防老人走失的"黄手环"到代码移车卡
从实名微博到实名微信公众号
你把忠诚熔铸进了不朽的灵魂

47 岁，从警 13 年
为群众寻回和发还物品 600 余件
现金及借款单金额 200 余万元
帮助寻找走失者 50 多人
调解纠纷 1600 余起
编发博文 17357 篇
一个山区走出来的农民孩子

一行行枯燥的数字并不缺少诗的韵味

不离身的黑色提包有些神秘
血压器与听诊器
是你学医时的两件宝贝
村里的老乡称你是看病的"警察医生"

回望从警的时光
留下瞬间的光芒
按下暂停键
让岁月停留在永恒的从警路上

天空划过的一道亮光
那一天真的来临
在寂静的天堂花园中
你睡得那样安详

你走那天
惊动了一座城
数以千计的百姓冒着严寒赶来为你送行
群众叫你"网上雷锋"
你是一身正气的任长霞
你是新时代爱民如子的马天民

大街小巷山野乡村
永远穿梭着你蓝色的背影
静静地站在你的身后
陪着你守望金黄色的麦田

废墟上高昂的头颅

——致成都铁路公安处一等功获得者邱长君

当山川崩裂狂风卷过阴霾的天空
当震撼撕裂苍茫大地
是谁用挺拔的身躯
安抚老百姓惊恐的神色

在接近天空的地方
一双伸向苍茫的手
你无所畏惧
冲向危难险情的第一现场

汉旺，站台上的警务室
一个屹立在瓦砾中的名字
废墟上高昂的头颅
庄重、威武

高山河流安详地睡着
唯有你在时刻听着
谁用藏青蓝的厚重
宣誓着铁警刚毅的承诺

你站立的丰碑醒着

独自站成残垣瓦砾上最美的时光
一幅没有被渲染的风景画
仿若一座山峰挺立成中华的脊梁

借一束
月光的
JIE YI SHU
YUE GUANG DE
WEN ROU
温柔

生命中的另一双眼睛

——致贵阳铁路公安处"盲警"潘勇与警嫂陶红英

在乌蒙之巅
有一并不高大的身影
站立的姿势
宛如一棵劲松挺拔

在夏季气温不到 14 摄氏度地方
炼出了钢铁的意志
你用一本忠诚的日记
记录了一个盲警的成长

你听到了许多声音
有人歌唱太阳有人赞颂月亮
在黑暗的世界里，只有疼
才能用心灵去感知揣摩生命的真谛

她，来自远方
与你相聚在同一片星空下
她是命运赐予你的另一扇窗
共同守护着钢铁银河安宁的梦想

你是盲人，什么也看不见

可你的生命中有另一双眼睛
你用耳朵守护小站平安
用心聆听车轮咬合铁轨发出的响声

你是盲人，什么也看不见
可你的心中有明亮的幻想
只有懂你的人
才能看到心灵绽放的光芒

我是你岁月中拨动的那根琴弦

——致警嫂呼瑶

这么多年了
想你的时候
我会沿铁道的方向
遥望群山隧道
和那月光下微风吹拂的小站平房

这么多年了
望见独自前行的你
风霜雪雨里
常常忘却了身后远远伫立的妻

这么多年
你是否想起
给家中的妻
买一件御寒的风衣

曾记否
从驿动的少女之心
到充满梦想的警营
陪你一起前行在从警的路上

劈开内心
捂着滚烫的胸膛
你是否望见被鲜血与泪水浸透的衣裳
还有暮色中年迈的爹娘

从铁道旁的那个村庄
陪你越过多少蜿蜒的铁道
在情感的天空里
终于看到雄鹰翱翔的翅膀

警嫂是一本书
是一道靓丽的风景
警嫂是一首优美的诗
没有任何华丽的词语
警嫂是一首动听的曲
是你拨动那根琴弦跳动的乐音

为你点亮夜行的烛光

——致公安部二级英模成都铁路公安处杜斌

多少个春夏秋冬
你头顶风，冒着雨
脚印落在坑洼不平的路上
重复着这样的色调

光明被夜幕吞噬
警徽把田野照亮
你的目光
越过栅栏刀刺的滚网

夜，被惊醒
那是你的脚步跨过门槛的声音
你以怎样坚韧不拔的毅力
拖着疲惫的身躯返回警营

忙碌的身影穿梭大地
没发现噩梦悄悄向你靠近
谁，触碰那根痛的心弦
怎能相信，死亡竟和你的生命相连

警帽还未摘下

目光朝着铁轨延伸的方向
你歪着头，一言不发
在办公椅上以沉思的姿势

战友们走进冷寂的屋里
用嘶哑的声音呼唤你
一切来得那么突然
来不及道别亲人，就成了永远

在那群身着藏青蓝的民警中
却再也见不到熟悉的模样
天地间回荡着悲切的声音
世界被撕成阴阳两半

喊一声，战友
尽管你不语，可我知道
与高铁有关的事封存在心里
你的手依旧抚摸在秋日的晨曦

解开我的衣衫
把你冰凉的手放在我胸脯上暖着
就这样静静地睡去
枕着火车轮的声音睡在银河里

你在静谧的夜色中睡着
裸露的脊背亦如一幅不朽的图腾
你站立的丰碑醒着
醒着的还有父母无尽的痛

你化作了一颗星

——追记重庆公安处武隆站派出所民警唐立俐

你从悲情的八月走过
走进被青春染红的钢铁银河
你从如烟的岁月里走过
放牧了云霞万朵

阳光溢满武隆火车站
一个年轻的九零后
入警三百七十四天的女兵，瞬间
生命定格在二十三岁的年轮上

你倒下了
倒在战斗过的地方
倒得那么的突然
留下多少不舍

你就这样匆忙地走了
悲痛漫过老警们的心坎
我不愿以这种方式告别
这会让我们的心中好痛

当藏青蓝的身影走向天边

第一次在微信群里目睹了你的容颜
你还那么年轻与我女儿同龄
却永远失去了生命

你在值班室接处警
谱写着警察青春的恋曲
站台上，你像巡逻车上的眼睛
把旅客生命安全与铁道平安牢牢筑起

你和秋天隔着一个字的距离
枫叶中已无法找到你的身影
不能挽留这人间的美好
你带着未了的心愿化作一颗星

我用诗的语言述说您的平凡

——致在战"疫"中牺牲的铁警战友刘大庆

刘大庆，我的铁警战友
我要为未曾谋面的您写一首诗
写您在银装素裹里挺拔的身影
写您在危险蔓延时一路前行

你的脑海中有一种向往
朝着逆行的方向
你的心田里有一种追求
捧出太阳般的希望

我要用母语的文字
把您从 49 名在疫情中走远的名册里抹去
我要用诗的语言
把您平凡的点滴述说

战友啊，您没有倒下
星空下，我依旧听到您脚步铿锵的回声
我分明看见，在您走过的铁道
站立起更多的钢铁般的铁警身影

你用忠诚陪伴着旅客一路走远

你用汗水守护着钢铁银河的平安
你用坚强书写着当代铁警生涯
你用泪水寄托着对亲人的思念

您用闪耀的警徽点亮寒夜
点亮远方亲人守望的灯盏
在视角敬仰的最高处
谁捧出世上最美、最火红的攀枝花

凌云山下的蓝色背影

——致"新时代铁路公安榜样"成都公安处民警郑久川

你是一片瓦砾
盖在小站简陋的屋顶
你是一棵小草
为钢铁银河增添绿色的生机

在那熠熠闪光的警徽里
只有你对旅客无限的温暖
汗如流水洒满插秧的稻田
有你对村民的鱼水深情

凌云山下的蓝色背影
一个有信念与担当的铁道卫士
沿盘山的路来回行走
抵达星星闪现的地方

一百二十公里线路
二十五个瞭望哨点
脚底满是厚厚的老茧
无声处写下人生的平凡

多少个黎明

伴随列车前行
多少个夜晚
只有忠诚守护的身影

从未停息的风笛
依旧在山谷回荡
你把青春年少的梦想
写在广袤的铁道线上

夜莺在乌蒙高原歌唱

——致全国优秀人民警察贵阳铁路公安处张道忻

透过云雾缭绕的乌蒙山
我看见，一只雄鹰
像一片祥云，飞过山巅
朝着北斗星的方向

绚丽的舞台上
闪亮的人生绽放出生命的火花
你以威武的英姿
接受最隆重的荣誉表彰

多少次，你笔直的身影
与歹徒赤手相搏，血染大地
多少次，在追捕的路上
呼啸的枪声擦身而过，命悬一线

那一次
站前广场聚众斗殴，相互砍杀
进站旅客纷纷躲闪，惊慌失措
你义不容辞冲进人群，把危险抛向天边

那一年

第二辑 藏青蓝的背影

嫌疑人将煤气罐放置铁轨下
企图伤及无辜生命
你查缉追凶在崎岖的路上

你跨越栅栏桥梁，穿越群山隧道
头皮被强烈的日照晒伤
额头上深深浅浅的纹路已然清晰
你的心似一杯白开水，清澈见底

热血浸润你的脊梁
你把忠诚披在肩上
坚毅的眼神和沸腾的热血
令人惊叹与动容

星光洒落在沪昆钢铁银河上
夜莺的声音在列车穿越的山寨回荡
乌蒙高原的雄鹰翱翔
前行的路上被警徽照亮

一幅装裱的《沪昆情》诗句，是你的杰作
苍劲有力的书法，透露出你的儒雅
警务创新，你与时俱进
用特有的警营文化做出满意回答

你的血液里奔流着炽热的忠诚
你的生命里跌宕着激情的浪花
我不知道该用怎样的词语向你表达
只想用诗歌为你串缀一个个壮丽的神话

四月有一种沉重的悲伤

——追记在战"疫"中牺牲的铁警战友崔建军

二零二零年四月八日，这一天
当武汉按下重启键，你恰好站在转折点上
你对战友们说，疫情过后我们摘下口罩
露出微笑向旅客问好，向四月的暖阳问好

首趟武汉至重庆的列车飞驰而来
站台上，你迎接开往春天的列车
一个标准的敬礼成为你人生最后的雕像
生命永远定格在战"疫"曙光初现的春天

曾记否，请战在人民最需要的时候
你弯曲的拇指按下
红手印亮起血色
凝固成永恒的誓言

从除夕开始，七十六个白昼
你顶着风，冒着雨在车站的卡点
当辖区出现任何风险
你毫不犹豫冲锋在前

沉重的乌云布满了清明后的天空

我记得英国诗人艾略特说过
"夏天来得出人意料
四月是最残酷的一月"

崔建军，一个平凡而普通的铁路警察
在没有硝烟的战场，彰显了你光辉的人性
在抗击疫情的灿烂星空里
又有你这样一位英雄

你卡在疫情的落点与生命的终点
听一声汽笛，划过庚子年四月八日的长空
藏青蓝的身影远去，而生命的呼唤
正从无数战友的身体里掏出一片片哽咽

我的内心雷鸣不止
在我心里，千万盏灯火
替换不了你的名字
我以战友的名义向你致敬

夜醒着，长寿北站也醒着
公安值班室的灯依旧亮着
转眼，你悄然走向了遥远
我把祭奠的诗写在月亮上

夜色中的每一个亮点
都是向星空托举的思念
站台那一盏盏不眠之灯
宛若阳光下盛开的木棉

奔向没有硝烟的战场

——致成都铁路公安处乘警战友叶庭

你的脑海中有一种向往
朝着逆行的方向
你的心田里有一种追求
捧出太阳般的希望

在列车这个流动的封闭空间
你把目光的焦点对准流动的角落
在情满车厢的喧嚣世界
你把忠诚分割成有节奏的乐章

奔向远方
那是没有硝烟的战场
却有牺牲的危险
更有义无反顾的请战和责任与担当

你用忠诚陪伴着旅客一路走远
你用汗水守护着列车的平安
你用坚强书写着当代铁警生涯
你用泪水寄托着对亲人的思念

身影穿行在起伏的山峦

——致贵阳公安处三级警长叶建忠

凉风垭，一个诗意的名字
川黔线上的四等小站
这里没有都市的喧嚣繁华
却有着四季的阵阵寒意

三十三年了
你来到这里从未离开
你用泪水寄托着对亲人的思念
你用坚强书写当代铁警的豪情

寒风吹打着你的脸
你挺拔的姿势
亦如铁道旁的一棵树
耀眼成这里最美的风景

时光里无声褪去了太多记忆
唯有那个惊恐的雨夜
一块巨石滚落在距警务室 1 米处
至今还沉睡在那里

青春伴随寂寞的深山小站

你与高原铁道结下不解之缘
一个人，在一条路上重复
身影穿行在起伏的山峦

头顶烈日，跋涉的路上汗水流淌
脚步轻轻，走进村庄与老乡拉拉家常
年轮记录着你平凡而坦诚的人生
你的心田闪耀真诚的波光

当黎明的第一缕阳光向你张望
铁道路基上跌宕着你铿锵的脚步声
暮色中的一束光映照你岁月的额头上
你从寂静的大山走向远方

铁道旁的木棉花

——致全国优秀人民警察重庆铁路公安处贾良志

你从一个白昼到另一个黑夜
潜心研发一体化信息模块，没有时差
一百零九个时日，彰显你的朴实无华
你在虚拟世界成功编织出无声的代码

一个个调试信息采录的自动核查
一行行研发修正未知数据的预警功能
你说，自己不是 IT 达人、技术专家
只是一个会写几行代码的中年警察

凭借无线通信光缆构成的网络
你运用管理系统剥茧抽丝
抓住稍纵即逝的战机，案发十二小时
精准锁定全国首起动车放火案真凶

你没有催人泪下的柔情故事
只有情系社会安宁的主旋律
惊心动魄的出警路上
一次次令人屏住呼吸

你是铁道旁的木棉花

铁骨柔情是你的忠诚
暗夜的银屏空间有你寻觅的眼睛
西南铁路的崇山峻岭有你挺拔的身影

梦在夜行的列车上

——致西昌公安处乘警支队民警计波

梦在夜行的列车上
窗外的月光照亮心房
你疲惫的身影披挂一路风霜
从警梦依旧清晰绵长

风雨阻挡不了你前行的步伐
粗手写满了你苦乐年华
一个个日落未归的人啊
淋漓的汗水洒在万里铁道线上

不眠地守望在远方的路上
你的心跟随列车一同前往
从晨曦中走来，在夜色里穿行
你的足迹围着地球绕行

列车的每个角落
有你守望的眼睛
熠熠闪光的警徽下
穿梭着你蓝色的背影

五百米长的旅客列车

是归乡人的起点
也是铁道卫士守护的终点
你因坚守平凡而伟大

你平凡，平凡得如一粒沙
如一棵小草没有一句豪言壮语
在告别巍然守护的地方
深情的体温依然停留车厢

光荣的从警路就要到站
纪录人生的精彩片断一幕幕浮现
噙着泪花难舍再见
那挚爱一生的藏青蓝

心中那毫厘的希望

——致西昌公安处技术民警

透过显微镜
你不仅把留下压痕的纸条
也把毫无关联的阿拉伯数字
连成铿锵的诗行伸向远方

无论多么疲惫
只要警铃响起
你总是拿起手中的武器
奔赴一个个未知的战场

更深夜静，抬起一双火眼金睛
让如烟的目光
在一片零乱文字的淤积里
寻找不曾掩埋的痕迹

透过你的眼神
笔和纸在你心里不停闪现
你的眼看到天边
内心的光扫描出罪恶的阴暗

不用掌声，也不用荣誉证明

只要能肯定文检民警的价值
你心中那毫厘的希望
亦用万米的脚步去丈量

挺起金盾般的胸膛
高耸藏青蓝般的肩膀
沿着音符铺成的路
挺直你跋涉的躯体，勇敢前往

索玛花，每一叶都藏着美丽的故事

——致西昌公安处乘警支队长沙马妞妞

婀娜多姿的彝家阿木惹（女人）
目光里含着真情
清秀而有轮廓的脸盘
如托上冰雪之峰的月亮

沙马妞妞，一个温柔的彝族名字
吐放着大凉山上索玛花的光焰
你将心交给一条彝语叫古洪社呷的成昆铁路
把生命系于海拔 2244 米的红峰之巅

一座铁路桥从喜德拉达上空飞过
藏青蓝的身影在云海里穿梭
有时，你心爱地把一切抱在怀里
有时，你决绝地把所有抛在身后

那一年，沿着陀螺一样的 80 公里山路
你和战友们走进尼波的荒凉山坳
患白血病卧床的阿亦子（小男孩）躺在透风的土墙房里
捐款、慰问品传递着一颗颗铁警爱心的力量

176　阿亦子的父亲，派出所保安热夫木加

眼睑的冰霜化为滚烫的泪水
哽咽地喊出温暖的名字，人民警察"瓦吉瓦"（好得很）
你拉着那双老茧的手说，我们要感恩这个伟大的时代

你用职业操守丈量人生的宽度
无论叫你商榕还是沙马妞妞
每个都是极其平凡的名字
大凉山上的索玛花，每一叶都藏着美丽的故事

母语在风中婉约吟唱

——致西昌公安处双流站派出所二级高级警长吉木木呷

月亮醉了，星星亮了
回家的路上你翻越在支格阿鲁①走过的山梁
聆听冷风掠过山岗
找寻儿时记忆的时光

你举着一束光亮
火把在回归的夜行路上燃烧
故乡，有爹娘
远方，依然有梦想

诺苏②的母语在风中婉约吟唱
早已习惯了山寨荞麦酿造的飘香
穿透彝家瓦板房的缝隙
那是你生长居住的土墙房

玛布③的鸟语婴啼在夜空回荡
斑驳的古彝文和尔比尔吉谚语怎会遗忘
用母语讲述彝乡远古的童话
用手在键盘上敲击出天菩萨④的威严

等你回家的阿莫⑤

夜半或许能听到轻轻的木门敲响
喝着阿达⑥手捧的山泉
躺在索玛花温暖的怀抱甜蜜入眠

你的根，你的声音在哪里？
在大凉山母语古老而又年青的世界
在毕摩⑦文化传诵的摇篮
在"斯依阿莫"⑧美丽的故乡

彝语注释：

①支格阿鲁：彝族传说中的创世英雄。

②诺苏：彝族。

③玛布：彝人乐器。

④天菩萨：彝族男性头顶上的一绺短发。

⑤阿莫：彝语，母亲。

⑥阿达：彝语，父亲。

⑦毕摩：祭师，彝文传承者。

⑧斯依阿莫：美姑县地名。

用忠诚丰满警察的内涵

——记公安部二等功获得者西昌公安处甘洛站派出所所长龙俊

在成昆线，在大凉山的北端
我愿意，提起一个熟悉的名字
没有任何闪光与润色和修饰
你，就是一位普通的铁道卫士

我是如此敬重
你在工作状态下的修辞——
无论所长还是教导员，都是一束
把自己交给忠诚的光柱

有人说，你是奔驰的骏马
我说，你是一只翱翔在群山之巅的雄鹰
一块钢，最好的归宿是刀刃
这些比喻全都给我的公安战友——龙俊

曾经，你的足迹在一条狭长的空间
风雨兼程一路战歌
没有鲜花的旅途
你抖落了几多风霜雪雨

你的世界很小

小到踱一圈，就回到原点
你的世界也很大
大到踱一圈，就是春秋冬夏

穿梭车厢的蓝色背影
喜欢把自己卷成节节的车厢
把喧嚣的世界分割成有节奏的乐章
你喜欢把思索的焦点对准流动车厢的每个角落

你的眼神洞穿所有躲在阴影里的邪恶
那冷冷的眉峰凝结着对罪恶的憎恨
凛然锐利的目光使不法者胆寒
更多时候，是那雕塑一般与邪恶的对峙

那年破获全国首起列车标件大案
就是无声的诠释
你紧握正义之剑，斩断毒之根源
挥手间，把暗夜的乌云驱散

当警铃从列车划过夜空的时候
我知道，这夜属于你
属于你深沉的目光里潜伏着的刚烈
你深情守望，为下一个黎明整装待发

多少年了，从武装押运到治安巡警
从看守所管教到列车乘警
从副所长到教导员，再到派出所所长

你带着从警的誓言，一如既往初心未变

有种光芒一经升腾便从不落幕
你忍受着几分家庭的牵挂与亏欠
是的，只有警察才懂得以藏青蓝的名义
许下一枚警徽的忠诚与誓言

在重症监护室躺了二百四十多天的父亲
走的时候，你依然坚守在两百公里以外的凉山小站
此时，我无法说清你的面庞
闪现的表情及其内涵

亲人永别的时刻，擎起裂肺的痛
透着血与汗，闪着泪与光
岁月从指缝间滑过
很多时候眼泪是往心里流

其实你有铁骨，也有柔情
不用掌声，也不用荣誉
更不用警功章的证明
只要铁道稳定和谐，人民安居乐业

为信仰，初心未改前赴后继
为承诺，勇往直前无悔无惧
你把蓝色的庄严染成旗帜
覆盖列车驶过警徽闪亮的大地

以一个姓名命名的工作室

——致西昌公安处甘洛站派出所副所长罗勇

这是一个明确的称谓
以一个姓名命名的法制工作室
除了在四川，而且在重庆，贵州的铁路地区也是独树一帜
像一棵木棉扎进了铁路周边的学校和乡村山寨

曾记否，一个人在这条路上重复永不放弃
当一个职业可以被爱包裹时
一群人愿意做一名追随者跟在你身后
从没有停歇脚步

你的身躯早已跌进人生的行程里
上法制课、家访、心理开导
义无反顾地选择帮教青少年
把爱的种子播撒在大凉山与成昆线

是的，一个姓氏取代了一个人的性别与职业
一个形象，渐渐幻化为一个人的影子
步履蹒跚的地方
一些故事正在发生

你们的交流，往往是直接的

一个独居老人，一个问题少年或许是一个矫正的青年
如果需要他们开口，他们会说：
那个警察，是一棵把根须扎进大地的木棉

黑夜里行走的人啊
并没有被黑夜淹没
而是想在用真情唤醒灵魂的路上
让黑夜多些光亮

《翱翔吧！雄鹰》导读：

　　30 万字的铁路公安人物报告文学《翱翔吧！雄鹰》是一部记录铁路公安民警为英雄模范树碑立传的书，也是一部抗拒遗忘英雄模范的书，是对英雄的书写，写英雄的爱与恨、眼泪与牺牲。本书提振了文学的正义的力量，把公安文学推到了一个新的高度。

　　这部文集是成都铁路公安局第一部全景式反映和表现公安战线时代楷模、英雄、烈士的感人事迹的作品，一部有筋骨、有温度、有灵魂，高扬主旋律、传递正能量，充满血性与正义感的不可多得的优秀文学作品。

　　作者用纪实文学的语言、记叙的手法浓墨重彩描写了全局涌现出的英雄模范先进人物的事迹，塑造了一系列英雄模范形象。全书分为三辑 32 篇，以饱含激情的文字，热情讴歌了全局涌现出具有代表性的英雄模范、先进人物的事迹，塑造了公安民警敢于担当、勇于牺牲的奉献精神。

　　这部以公安人物为主体书写的报告文学是作者近年来对公安文化建设深层思考的结晶，也是作者对生活的感悟和真诚记录，呈现了他对成都铁路公安局这个群体独有的情怀。从这部作品中，我们能够感受到流淌在其间的滚烫热量。一部作品能否成功，关键就在于作者是否真诚地面对生活、面对自己、面对读者，是否把我们体内那滚烫的血液毫无保留、没有障碍地输送给读者，是否把那些感动我们的故事以鲜活的方式讲述给读者。

捧着你

——读《翱翔吧！雄鹰》有感

捧着你，用心地翻阅
捧着你，仿若捧起逝去的岁月
永不磨灭定格的画面
在流淌的时光里串连起人生的珠链

只要想起书中每一件真实感人的传奇故事
记忆就像故乡的石榴花飘飘落下
因我想起那些已经走远的名字心就会颤抖，即使这样
我仍然会把这部有着特殊意义符号的书籍一遍遍地读下去

捧着你，我会看见乌蒙之巅的"保尔·柯察金"
一位用耳朵守护小站平安的盲警
捧着你，在大凉山铁道线上
人们会目睹一个提灯夜行的背影

星空下雨夜中，大家还会看到
崎岖的路上那深一脚浅一脚跨过山沟，双手攀着树枝、藤蔓
衣服被划破，手被刺出鲜血、腿被碰伤
多少次，跌倒了又爬起来的汉子……

难以用语言来形容表述书中的每一个人

那闪耀的警徽就是真善美的化身
每一种答案都是水滴石穿的积累
每一秒的感动都是无数次的真情付出

捧着你，就捧起了一个个藏青蓝的身影
那里集结的不仅是大凉山索玛花美丽的传说
还有屹立的雕像，如盛开着一束束火红的木棉
刀光剑影中，有的光荣负伤甚至献出了宝贵的生命

二十九岁的朱彦超，被恶魔连开三枪
为追击盗贼，郑光华在激流中永生
我屏住呼吸，想象两位烈士最后壮烈的英姿
我知道，陨落的星星依旧照亮着大地

捧着你呀，就捧起了群山之巅翱翔的雄鹰
每一片羽翼上都沾满勇敢的光辉
每一声啸叫中都充满钢铁燃烧的气息
鹰，是一个符号，是另一片天空的隐喻

第三辑

乡愁，疼痛地挂在光影上

当我从生长的故乡出发

穿过尘俗雾霭

趟出诗意的大地，走向远方

走进另一个故乡

心中的老屋

装满了刻在骨髓里的乡愁

古老的院落正与我一起慢慢变老

那片热土历尽了人间沧桑

乡愁，疼痛地挂在年轮的光影上

——写在 2020 年除夕

转眼，又是一年
脑海里一次次闪过的念头
那就是，该回家了
启程，让思乡再一次缩短

拎着年追赶时光
在归家的路途
我匆忙的脚步和女儿的祝福同时抵达
除了这些，还多了一份眷恋

年味溢满大街小巷
腊月里蔓延着火辣的馨香
耀眼的大红灯笼高高挂
家园醉了，古城醉得昼夜通红

门楣上贴红色对联的兄长
仿若飞跃的彩蝶
春联，福字，门神金光闪耀
贴窗花的身影在玻璃上舞蹈

在丰盛的年夜饭桌前

母亲将一桩桩心事盛进碗里
病床上的老父微弱地说了几声"过年了"
儿女们斟满一杯杯饮料为父母的健在也为兄弟姐妹团聚共
　　同祝愿

记忆中，只有一次除夕
是陪九十一的老爸在医院里度过
窗外，我看见山峦与庭院傲雪的腊梅在寒风中怒放
亦如父亲顽强的生命

月色星空的除夕夜
谁燃响了新春的第一枚鞭炮？
一束束璀璨的焰火呼啸
发出绚烂的光芒

礼花的柔光照亮了黎明
也照亮了避风的港湾与游子远行的线
更岁的钟声敲响了春的脚步
乡愁，疼痛地挂在年轮的光影上

把我珍藏的月亮分你一半

——致会理一中初七八级西昌同窗作品之一

北风，摇落南高原天空的记忆
相约的人，一起走向碧波荡漾的邛海湖畔
小寒在远方露出笑脸，升腾着故乡的炊烟
往后会越来越冷，亦如余生

最漫长的黑夜已走远
起伏的思念早已跃上琴弦
好似天籁之音，在遥远的山峦间
那些赶路的人，步履依然

想象，相聚时你喊我的毅然
你抿着淡紫色的嘴唇露出微笑
把你的名字凝结在梦里
让冰封裸露的往事放归从前

2020 年最后一个周末
我们在美丽的湿地倾心相见
曾经的岁月与深情
在湖水中泛出一浪浪光晕

从青涩到霜染两鬓

多少事，红尘如梦闪现
满头白发的你，容颜渐渐改变
那些朦胧幽静的校园场景无法退幕

转眼彼此已过天命，靠近一个甲子的边缘
你的出现，将久远的故事翻阅千遍
我怕多看你一眼
柔软的心，就会深深沦陷

那年"轻轻的我走了，正如我轻轻的来"
这一刻，不禁让人想起徐志摩的《再别康桥》
你来了，我听到了花开的声音
我们沿着路径走向自己的春天

我知道，你依然还会
"悄悄的我走了，正如我悄悄的来；
我挥一挥衣袖，不带走一片云彩"
当你转身的时候，我会把珍藏的月亮分你一半

把时光拉入怀中

——致会理一中初七八级西昌同窗作品之二

冬天的邛海湿地
刺桐花在树的枝头娇艳依依
我踮起脚跟在花的深处寻觅
寻觅寒风中归来的身影

我在诗歌里张望
也在诗意中伫立
我在雪花里等了一个四季
白发满头似雪人瞬间老去

在时光流逝的记忆里
从灯光熄灭又燃起
就这样和着轻轻的风语
倾听一场雪落的声音

走进南高原的晨曦
我在诗歌里路过你的风景
把你定格在取景框的中心
在光影里写意风姿绰约的美丽

相距千万里抹不去同窗重聚的美意

借一束
月光的
温柔

JIE YI SHU
YUE GUANG DE
WEN ROU

在希冀中走过 2017 冬天的心境
相拥南高原云彩镶边的太阳
陪着海风掀起的浪花在一束光里飞

踩着婀娜飘逸的舞步
多想在冬的星空下
把时光拉入怀中
隔着一行诗的距离望着你

含一汪清澈的眼神
在寒风吹拂的夕阳里
走进邛海湿地的小溪
拾起月光下遗落的诗句

就这样走向记忆的深处
在人生的路上并肩而行
吻着夜色的寂静
走进被雪花覆盖的梦里

站在霜降的路口

——致会理一中初七八级西昌同窗伙伴作品之三

站在霜降的路口
守望在你经过的地方
想象一个个曼妙的身姿
飘落在我的诗行

秋的深处，同窗邛海湿地小聚
不畏路途遥远，秋风冬寒
且以晚霞换朝霞
光影中的你笑容依然灿烂

把一行行脚印
投进被岁月浸泡的时光里
走过从前，走过每一片散碎的记忆
走进我的诗里梦里

节气腾出了空位
搭建出一个阅读书集的温床
这个节点并没有来得更迟
如愿将《翱翔吧！雄鹰》书集向同学们呈上

心中留一片净土存放文学

像片片飘落的雪花
再往后走，还有一步之遥
第三部文学作品《借一束月光的温柔》又将闪现光芒

站在看不见的方向翻阅来年的日历
那一页又一页期待的日子
将被我紧紧地搂在怀里
成为又一具刻骨铭心的记忆

彼此斑白的头发
呈现出苍老的年轮
满脸的皱纹啊
写尽了人生的苦辣酸甜

就让你的芳华
在我的心中绽放
让那月光下的回眸
在我的心里深埋

这一生，别无所求
无论你走得多远都有我眺望的目光
这一生，别无所求
只要彼此有一份情牵

此时，远山的枫叶是不是更红
眼前的菊花已金黄成了苍茫
霜降这一天想写一首诗
只写了标题初冬就来了

在海那边

——致会理一中初七八级西昌同窗作品之四

在海那边
走一程烟霞时光
听，微风拂过的声音
看，春花落叶的美丽

在海之角
我情感的思绪
像浪花朵朵，浮在水面
满满的柔情在风中一缕缕徜徉

踩着梦里久远的足迹
忘不了儿时的青涩回忆
遥望海上的波浪
心中又起涟漪

你的身影一直在我梦里
和着一同飞扬的青春旋律
在最美的时刻遇见你
你是否已将我轻轻藏起

把初遇温暖的记忆

镌刻在思念的诗行里
一缕清愁浸染春色的美丽
我们在春天洒下温暖的回忆

密密层层的枝叶如记忆的碎片
拼凑成生命的永恒
洒落邛海湿地的雨滴
写满了诗意

在我灵动的笔尖上
一直跳跃着青春的诗行
难舍那浓浓的同窗情
一遍遍温热着我跳动的心

清风摇曳曼妙的心语
收藏着一路相惜的惬意
吟唱岁月里的珍重
那是怎样一种别样的深情

守候在多梦的心海

——致会理一中初七八级西昌同窗作品之五

秋天美丽的那片云
代表思念的一场雨
淋湿了衣襟
淋湿了大地

心灵之旅
追逐远去的记忆
聆听心语
你的柔情融化在我的眸子里

久违的声音
像微风吹进夜的梦里
绿荫树下
定格美丽的接头暗语

这么多年了
突然放慢脚步
一路追寻
精彩的人生轨迹

岁月错过几多的痛

淡淡的忧伤萦绕心头
谁能触碰到内心深处的柔软处
其实生命中最本质的那是美好

守候在多梦的心海
把自己浸润在如水的月光里
让淡淡微风吹起心中无限的涟漪
闭上眼睛把你的影子刻画成诗意

流淌过故乡的时光
那是生命中难忘的记忆
珍视所有渴望的每一个瞬间
把滚落嘴角的泪珠吞在心里吞进梦里

天边那片带雨的云

——致会理一中初七八级西昌同窗作品之六

大雪已过，南高原的天空没有雪花飘落
岁月的芳华，是生命中最放不下的牵挂
走进湿地就会想起曾经雪花满地
想起，曾经羞涩地向你靠近

与你同行，与时间同行
每一次都有不同的风景
我用柔和的眼睛找寻你
曾经的美丽

不敢正视你啊
天边那片带雨的云
波光酥软的海水依旧那般深情
怕一凝望，今生无法抽离

沿着烟鹭州铺陈的路径
温柔地触摸大地跳动的脉搏
走进碧波荡漾的邛海湖畔
一片片芦苇在你后平静地升起

黄昏的邛海湖倦鸟已经归林

落叶满地，不再坚守对树的眷恋
海鸥飞向归隐的远方
我从不怀疑花蕊上采蜜的一只蝴蝶
不会为此时的孤单而伤心

灯光下的一孤影
青睐嗅着墨香的味道
时光中，安静品味一本书
也很美

如果生命只剩下冬天
请不要阻挡我眺望春天的目光
其实，苍穹和大地都明白
天边总有一片带雨的云

淡淡地回望

——致会理一中初七八级西昌同窗作品之七

挥别夏日热浪的气息
相约诗情画意的邛海湿地
乘一叶扁舟
朝着芬芳馥郁的云水深处划行

淡淡地回望
一段湿润的记忆
多想挽住时光的步履
找回青春逝去的美丽

如水的光阴
曾映照出绚烂的梦想
似火的青春激情
也点燃过璀璨的希望

岁月苍老了我们的容颜
也改变了年少的童心
在弯弯的林荫小道上悠然漫步
在树叶铺成的天然草皮上晒晒太阳

逝去的葱郁年华

像潺潺流淌的小溪
夕阳的路上，谢谢有您
两鬓白发的伙伴

每一次，当你转身的刹那
心，总是那样的痛
无奈地凝望，背影匆匆远去
消失在茫茫的人海里

若是你来

——致会理二中高中西昌同窗作品之一

借一束洒满琴韵雅居的月光
装点幽静的月影书房
翻开诗集的扉页
签赠有你的唯美书卷

我踏着月色的脚步
从月亮的边缘
带着诗的梦幻
闪现同窗面前

你是一只蝴蝶
美丽飞舞的翅膀
携带着花城的芳香
在邛海湿地上空盘旋

她撑一把太阳伞
穿越千年的故乡
带着夏季火热的情感
奔赴邛海湖畔

若是你来

走进这片多情的土地
不用等到索玛花开
会让一切更加精彩

谁把青春的记忆
抛向榴花飘香的故乡
谁把青涩的初恋
藏在了山的那一边

陪你微风掠过

——致会理二中高中西昌同窗作品之二

约定的路口等你
陪你微风掠过
踩着湿地芳草的柔软
走进曲径通幽的港湾

如果时光可以倒流
我依然在最美的时刻等候
在开满鲜花的桃源
轻回眸，未曾逝去的容颜

来吧，拱桥上合影留念
桥，躬着背
像成吉思汗的弓
把水中的倒影射向天边

睡卧波光粼粼的湖畔
枕着思绪听涛声
浪花飞溅
叩动伊人的心弦

在初夏的路上与你相遇

——致会理光明小学同窗作品之一

我的目光
在古城北门拱极楼的高处远眺
我的双耳
在白塔山间聆听布谷鸟的阵阵鸣唱

浪漫的五月
暮春与初夏交替的季节
玉虚山绽放的万亩杜鹃
撞开了尘封已久的岁月

从春的窗口寻望
在夏的路旁等待
在触动心灵最柔软的地方
让年少的记忆重新走进彼此的视野

望着你优雅的姿势
走进我们纯美的心灵
踏着乡间的青石
走进一位诗人的心里

许多年了

在故乡这片挚爱的土地上
历史记载着一个个美丽的传说
同窗情未了一曲乡愁诉说衷肠

我不曾忘怀
光明小学那么多的同窗
我们曾经一起欢歌笑语
无忧无虑度过快乐的童年时光

手捧四十二年前黑白合影的照片
那些微笑的师长与睁大眼睛的同窗
对于四十二年后的重聚
有谁知晓

生命的情感在回首中燃烧
我们用力吮吸年少的味道
思绪跟着微风轻轻地飘
迎着暖阳我们携手在诗意的路上

光阴停留在脚印处

——致会理光明小学同窗作品之二

等了那么长时间
只为了
那些曾经熟悉的人
久别的少年伙伴

我站在出发的地点
看见多年之后
光阴停留在脚印处
一个个被乡音召唤的淡墨背影

无数温暖的眼睛和滚烫的秘密
逝水年华像天空的云朵被风吹散
我想以另一种方式
解读四十余载的岁月容颜

无语的你　曾经已走远
我年少的秘密你无从看见
我想赋予重聚一个贴切的名字
像故乡巍峨的玉墟山屹立在南高原

是的，我为之欢喜

远处那个安静的美丽山庄
那里没有城市的喧嚣
只有绿草芬芳和鲜花烂漫

此刻，阳光的热度和风的声音是我的
餐桌上的食物与镜头里的影像也是我的
除了你
我什么都敢想

故乡有一盏夜的灯光

——致会理光明小学同窗作品之三

踏着月色的脚步
从夜色中穿越而来
在故乡这块挚爱的土地
与久别重逢的你相遇

小楼的灯光与我为伴
拾起存放已久的钢笔
带着翰墨书香
在蓝黑墨水中猎取特定的记忆

失眠的雨夜
就这样隔着一个手指的距离
从指缝间望你
走进彼此的心灵

我以诗人的模样
提笔为你写下温婉的诗句
奉上我签赠的诗集
悄然走进诗人的心里

阳光下那些流动的身影

——致会理光明小学同窗作品之四

诗里的故乡
有太多的依恋与怀想
想用一种方式
把目光绑在车轮上

蜿蜒的山路
回乡人放慢了脚步
想在脊梁的拐弯处与你聚首
把深情留在微风吹过的地方

阳光下那些流动的身影
袅袅升起的蓝色炊烟
还有火焰般的榴花
时常在我梦里出现

船城河畔杨柳依依的风岸
晨曦中抵达睡醒的故乡
在你苍老的皱纹里
还有被雨淋湿的一串串诗行

伸手瓦蓝的天空

拽住云端深处隐藏的彩虹
把飘逸的彩带
披在恋人身上

月色中吟唱曾经的故事
激情燃烧让人梦想
诗人的感叹无法丈量
不舍的目光透着淡淡的忧伤

风吹过的村庄发出声响
我把放不下的身影托在指尖
也将温暖贴近胸膛
陪伴在彼此前行的路上

我汇集所有赞美的语言
寄语在回忆的缠绵里
用我的真诚
为你写下青春续延的诗行

那些淡出的记忆

——致会理光明小学同窗作品之五

曾经在没有月色的黑夜
只有闪烁的流星让我识别方向
别让我孤独地走在路上
从青丝走进白发

拾起一个个被枫叶飘落的名字
因为有你，我向你靠近
我依偎着你呀
亲爱的，光明小学这个群体

我常回头凝视
从黄昏伫立到晨曦
那些淡出的记忆
有辛酸也有甜蜜

故乡的小河边
一个个熟悉的背影
在夜幕的星空下
与微风羞涩的低语

在阳光绚烂的早晨

我翻阅那些泛黄或光鲜的照片
一张张浓缩着往事
一段段永恒的时光

我倾听着召唤的声音
谁在远方唤我乳名
真想在我诗歌的梦里支一张床
邀约你与我安稳地躺在故乡的河床上

站在光阴的彼岸
用装满情感的语言
写下淡出记忆的诗笺
抵达生命的亮点

你像一只蝴蝶飞向远方

——致会理光明小学同窗作品之六

走进青石铺就的光明小巷
不见了扎着马尾辫的姑娘
谁的倩影消失在天涯尽头
留下的足印依旧清晰绵长

谁能懂得不眠的守望
谁能写意昨日的光芒
多少柔情落在心的中央
把牵挂织成惆怅的网

走在曲径幽深的校园路上
不见了青葱羞涩的模样
我的眼睛离开黑板太久了
人生的记忆随着时光流淌

隔着岁月流逝的沧桑
倾听久远的脚步回响
你像一只蝴蝶飞向远方
我悄悄把你装在心上

远方的门虚掩半扇

——致会理光明小学同窗作品之七

在追寻的路上
梦若一颗颗闪烁的星星
带着诗人的浪漫
携一本诗集如约前往

吟唱的诗歌在花开的枝头
这样书写，让心安静
那么吟唱，唯美动听
这是对生活的热诚礼赞

我不担心一棵树的背影
或者落叶会将唯美的诗歌覆盖
却害怕用生命喂养的诗魂
在季节深处陪着岁月慢慢老去

一桩桩伤感的往事
常在下雨的梦里缠绵
又像夜空划过的流星
消失在岁月的一端

今夜

远方的门虚掩半扇
谁等待最佳的时机
出现在沉醉的梦里

在炊烟缭绕的地方

——致会理光明小学同窗作品之八

在炊烟缭绕的地方
一夜浅夏的雨
从天的尽头流泻
把天空濯洗得一片透亮

一缕晨曦
伴着儿时的伙伴一路赏景观光
瓦蓝的天空
盘旋在每一个人的头上

在空灵的山野
任微风拂过脸庞
谁的俏丽倩影被树枝遮挡
嗅着醉人的芳香

阳光弥漫了樱桃村庄
怎会如此留恋走过的地方
每一次回归故乡
我都把你当作美丽来欣赏

把时光写进记忆的诗行

——致会理光明小学同窗作品之九

晨曦唤醒熟睡的村庄
泥土浸透着醉人的芬芬
风吹过归乡人的脸庞
思念挂满了乡愁的泪行

穿过古城深邃而辽远的街道
把脚印投进被岁月浸泡的青石板上
一群人跟在阳光下的影子行走
却走也走不出年少的时光

微风中村妇站在田埂上
洋溢着淳朴的微笑
在相约的农家
我们把同窗的家园探访

袅袅炊烟升腾
漫过山坳里的那道梁
品尝鲜美绿色的清香味道
生发出久远的遐想

找个理由与同学相聚

只想对逝去的青春回首遥望
找个合适的时间与伙伴见面
坐在一起述说人生的过往

拍摄一张张俊俏的肖像
存留依旧未老去的模样
封尘的生命里镌刻着你的名字
阑珊处，潜藏蜿蜒的缠绵悠长

伫立在光阴的渡口
回眸远去的梦想
青涩的芳华如一缕缥缈的炊烟
故乡的烟火点燃多少离乡人无尽的愁肠

在我几代人生活过的地方
一遍遍品读刻在石头上的歌谣
把未曾风干的记忆写进诗行
把精彩的故事珍藏在心上

走进曲径通幽的小巷

——致会理光明小学同窗作品之十

站在直冲云霄的雕像下
恭候您的到来
在时光的隧道里
与同窗相约重聚

一声问候拉近彼此的距离
伸出你的手，亦如握住金色年华
走过云淡风轻的流年
人生从青涩走进了白发

走进曲径通幽的小巷
倾听脚步远去的回响
光阴把我捎回从前
怀念曾经最美的容颜

谁是一缕微凉的轻风
谁是一滴晚秋的寒露
夜空，飘着落叶
秋雨淋湿了，谁的记忆

每当我想起生命中的你

——致会理光明小学同窗作品之十一

拾起被枫叶飘落的名字
过往的烟云让我泪落如雨
谁能挽回曾经斑斓的时光
谁把丢下的牵挂织成惆怅的情网

我依恋着你
在风花雪月羞涩的低语
因为有你我向你靠近
把你留在浪漫的诗意里

泪水滑过温柔的指尖
遗忘的岁月在孤独中缠绵
谁能看到青春依旧的模样
谁把淡出的记忆写意昨日的光芒

我思念着你
从如墨青丝走进了白发
我从黄昏伫立到晨曦
把你留在最美的红尘里

生命中的深情厚谊

——致会理光明小学同窗作品之十二

初秋，悲泣的声音越过时空
在清冷的风中低低吟唱
同窗之父九十老翁仙逝
作别晚霞最后的一束光亮

星光闪烁的夜晚
透着故乡泥土的芬芳
在老人躺下的那块土地
夜空下，有一群耀眼的赶路人

喜欢你传入耳膜温情的声音
像甘泉般流动在温暖的心房
喜欢你在微信群发来的信息
让文字在屏显中轻舞飞扬

有一种挚爱
那是生命中结下的深情厚谊
有一种泪水
一旦涌动，定是滴水穿石

在秋的枝梢倾听繁花绽放的心语

执一笔墨香揉进细细的浅风里
有你的微笑这个集体才绚丽
有你的付出风雨的路上更甜蜜

把远方傻傻望穿

——致会理光明小学同窗作品之十三

那个暖阳的冬天
清风摇曳着曼妙的心语
二十位同窗伙伴带着青涩的回忆
首次相约在美丽山水生态园

您是否还记得
重逢的盛景
在凝视的目光中
梦呓般地喊出了记忆里的名字

曾记否，热情洋溢的致词
唯美的诗歌朗诵
高歌一曲的激情
让生命的情感在回首中燃烧

那一刻
我们仿佛又回到纯真的年代
时间，怎么走得这么快
转眼，我们走过了两年的光阴

谁能告诉我

谁丢失了毕业四十三载的记忆
那穿透一万五千四百八十天的人生旅程
在遗忘前，谁掉下了一颗闪亮的泪滴

我的眼睛落在了泛黄的照片上
曾经从诗意中走过的每一个瞬间
挥挥手，不忍说再见
因为，我情感的空间储满了太多悲欢

寂静漫过失落的夜晚
憔悴的容颜如一张薄纸轻轻飘过天边
你的影子印在风帆上
人生已登上了黄昏的航船

别让我等你太久了
闭上眼睛只在梦里相见
夕阳落下
我依然把远方傻傻望穿

回眸远望

——致会理光明小学同窗作品之十四

故乡，在我梦里
宛若一幅色彩斑斓的山水画
白塔山与船城河，战友和同窗
每个符号都是我心中的歌

无论我走多远
也抑制不住扎根故园的眷恋
乡愁在时光的缝隙中流淌
古城在月色里编织着遐想

家园，在我心里装满涌动的诗行
秋的落叶在夕阳下奔跑欢唱
游过龙肘山的那朵白云，载着我
似旋转的飞碟，向着梦开始的地方

走进晨曦，走过霞光
却走不完游子那缕淡淡的忧伤
我常常回味古城的丰韵
怀想老屋升腾的袅袅炊烟

静静的仙人湖水波光粼粼

映照出曾经绚烂的梦想
似火的青春激情
点燃了生命长河中璀璨的光亮

走进弯曲狭长的幽静小巷
挽住匆匆的步履
回眸远望不曾丢失的背影
寻找遗留下青春芳华的踪迹

岁月无法抹去那个时代的记忆
我一直把这份友情珍藏在心底
暮色的路上
我还能走进你的梦乡

在暮秋的故乡

——致会理光明小学同窗作品之十五

鼓楼的钟声敲碎了黎明
也敲响了秋意
一声，两声，三声响啊
天就亮了

沉寂中望见峻峭入云的银色白塔
天边染红的晚霞
宛如少女羞红的脸
几多情怀都在烟雨中依梦缠绵

弯弯的小河
缓缓从山下流过
流进我沉醉的心窝
流水声惊醒了河岸的秋色

河床的水很清也很浅
亦像某个人的心
天空飘过的白云
仿若你的影子，轻轻擦过塔尖

等你在暮秋的河岸

我把炙热的情感融进这片故园
转瞬即逝的故乡
一丝惆怅凝结旋转的往事

在我曾经站立过的地方
一遍又一遍地品读你的名字
那些在风雨中的烙印
早已被落叶埋藏

我想把时间拨回从前

——致会理光明小学同窗作品之十六

找个理由与同学相见
只想一起为青春逝去而怀念
约个合适的时间和伙伴相聚
只想和同窗见上一面

打开记忆的大门
放飞所有的梦想
让思念回到梦里水乡
找寻那些逝去的过往

青葱岁月里心的萌动
是挂在青春枝头青涩的花蕾
拍摄一张张唯美的肖像
把春光写进你的记忆深处

青石板小巷的尽头
是我们忘不了的母校
在草木润泽的书香校园，那个夏天
毕业聚餐后，我们从此解散

多年后，再见你时

似一场梦中相遇，这么多年了
我和你已经离得太远
是啊，远得你夜夜都在身边

这些年，有的人走着走着
一眨眼，就走丢了
无忧无虑的少年，已成了
遥远的昨天

我想把时间拨回从前，找回记忆中的模样
四十多年有多长，谁能明了同窗的分量
青丝已熬出秋霜
少了青涩，多了收获的金黄

风吹过岁月，吹过容颜
乡恋在动，友情也在动
一张张稚嫩的脸，一幕幕呈现
内心遮盖的秘密依旧在我梦里笑谈

古城街道的灯光拉长了修长的身影
心在光影下碰撞
伸出的手，停在你的指尖
一份牵挂总在敲打着昨日的门窗

心里永驻的那抹色彩，那一束斑斓
任凭时间流逝也无法改变
一句乡音胜过万语千言
把故乡披在身上，把一个人藏在心间

是谁的双手托起了我希望的羽翼

——致友人

岁月清浅而行
时光淡淡而过
揽一份月之风华
抒一份暖暖的情怀

我的世界您曾来过
撷取那截图闪光的片段
让一次次被感动的瞬间
连接成一个个美丽的珠串

感谢人生中所有的遇见
遇见热爱生命的您
在霞光中触碰到一片温暖
在寂静的夜色遇见清风与明月

无论您离我多远
这些日子
谢谢您，一次次为我鼓动的手
阅我的状态给我的支持

通往黎明的路上

我诗意的生活更加精彩
我铭记一起走过的时光
因为有您我才走得更远

您的一点一滴
让我心中种满阳光和雨露
无论前行的路有多远
相信都能绽放最美的笑颜

我轻轻地问自己
是谁丰盈了我诗意的人生
是谁的双手托起了我希望的羽翼
又是谁用真情温暖了我的流年

夜，静静聆听

——致会理同窗五人伙伴

东城巷，这个幽静的茶室
是彼此邀约的地方
我的脚步丈量不出故土的深情
你浅浅的笑，恰似初见的模样

静坐黄昏深处
在呼吸的一瞬间
我嗅到淡淡的墨香味道
正悄悄而炽热地浸湿我的身体

品一杯香茗
听一首回家的萨克斯恋曲
静静等待你的到来
让暖意温柔扑入胸怀

风无法吹去我眉间褪色的惆怅
未央的夜，在静静聆听
一首内心独白的诗意
把爱拉得比梦还长

无眠的乡愁

揽一缕往事漫过我的空旷
我和我的诗歌一起奔跑
在古城冬夜的路上

捧一盏茶在阁楼等你

秋雨洒落，淋湿了美丽的童话
谁是你含着泪，一读再读的那首诗
字里，行间充满了忧伤
一腔的眷恋，付诸东流

曾经的船城河畔，杨柳依依
绵长的爱情，守望成一道风景
风雨，挡不住遥远的距离
倚栏等待，佳人的归期

倦意浓厚的归途里
偶遇，一抹斜阳西下
当银色的月光洒满了大地
紧闭的双眸，聆听夜莺如歌如泣

今夜，捧一盏茶在阁楼等你
尽管早已，人走茶凉

我在心里种一枚月亮

——写在 2021 年中秋

今夜，大地一片银光
一束清冷的月光洒向老屋庭院
一轮明月，已是中秋
父亲走了一年零一百天

团圆的日子，桂花悠长的冷香
一次次击中我的心脏
在乡愁的地方
还有儿女幸福陪伴在母亲身旁

今夜，我在心里种一枚月亮
把亲情装在心上，化解思念的寒霜
女儿在大洋彼岸
穿过黑夜的苍穹，添了几多遥望

今夜，秋意在晶莹中凄迷
有个声音在夜空回旋，穿越时间和空间
记忆在醉眼蒙眬中流连忘返
我在月光下想一个叫桂花的姑娘
秋风起，每片落叶里都有一段过往
内心装满惆怅与悲伤

斟一杯吴刚的老酒与乡愁同醉
将思念化作婵娟的泪在心海流淌

月圆了，心却沉了
月饼，早已品不出童年的味道
当霜染鬓发的自己写下这些诗句时
已忘却了秋的寒凉

端午，怀念诗人的盛典标签

穿过时光的源头
那个衣袂飘飘叫屈原的诗人
裹挟着两千年岁月的风尘走来
捧出淹没了一个朝代的《楚辞》和《离骚》

这一天，龙的传人划着龙舟追寻着你
在汨罗江的河上用艾草打捞一位诗人
问一问，那个高挺着脊梁的人
六月的江水是否寒凉？

踩着时光的年轮痴痴地寻望
青春的画卷上留下淡淡的糯米清香
端午的粽子、咸蛋、大蒜
这是故乡二千三百多年的传统节日
艾蒿，烟火浸染在舌尖上的苦和香
粽叶，耀眼的绿衣美人让人遐想

谁把农历五月初五定为端午
谁把菖蒲与艾草悬挂门窗
捧一把牛蒡根，亲吻难忘的童年
喝一口雄黄酒回味曾经的甘甜

那些品尝佳肴的人们
在恬静安然的药香浓情小城
把阳光洒满人间
让爱永驻心田

会理，川南历史文化名城
东城巷、元天街、东西南北大街的千桌宴盛景别样
身着汉服的人踏着青石板绕城游走
仿若穿越时空的隧道

提灯"游百病"的人群敲响喧天的锣鼓
鼓声击穿六百二十年北门拱极楼的城墙
多么盛大隆重的礼仪
近千人的工作团队盛况空前

粽香飘进乡韵市井幽深的小巷
古城浓郁的端午万人药根宴
是故乡民情的一道亮丽风景线
已成为怀念诗人的节日盛典标签

故乡在哪里

心灵的故乡在那心灯闪亮的地方
那里是喜鹊做窝和夜莺歌唱的方向
思念的故乡在那星光照耀的地方
那里有我的父老和乡亲还有那童年的歌谣

我在那小河对岸遥望故乡
想起了亲人，我依然在远方
乡愁的泪水打湿了衣裳
思念你哟梦中的姑娘
思念你哟心灵的故乡
心灯闪亮的地方

故乡在哪里呀，在那龙肘山下
故乡在哪里呀，在那绽放索玛花旁
故乡在哪里呀，在我萦绕的梦里
故乡在哪里呀，在那养育的红土地上

温柔地想起

站在月亮升起的地方
把一页页日子紧紧搂在怀里
我听见时间的回声
泪水悄然把双眼迷离

回首寻望，不禁让人温柔地想起
人生最美的光阴
多少青丝已化作烟雨
化成点点微甜的诗句

风飘过年少的梦魇
夕阳下，绽放生命的归期
一行行脚步被时光浸湿
走进月色的梦里

多想停留匆匆的步履
找回青春逝去的往昔
为何，我如此感怀
因为，我想在有爱的灵魂里优雅老去

或许，有一天在相约的地方

会吐露心海的秘密
当岁月随风远去
依旧把情怀珍藏在心里

疾风，不解有情人的苦衷
谁能明白那颗亦如月亮的心
这么些年了
没有谁能听到一句隐藏的告白

暮色中的身影唯美老去
生命中的你在哪里
别让我等待太久
在寻觅的路口，把伊人苦苦追寻

有种声音停留在生命的草尖

时光流逝摇曳的梦
生命如流星短暂停留
风雨飘逸拉长的记忆
婉约成诗的曲线放在胸口

月夜潜伏的诗句
惊醒几多隐藏的梦
有种声音停留在生命的草尖
如朝露般人生精彩的支点

用身体遮挡冬雪风霜
带着诗歌流浪到时光的彼岸
那些刻进记忆的伤痕
如流云淡淡，似轻风飘飘

月色追逐的路上银光点点
站得笔直抽身走出自己的一道风景线
葱郁的模样像远山的灯火忽隐忽现
让未了的情在守望中匍匐回旋

拎着乡愁追赶春的脚步

在西昌，习惯了被月光照亮
一个声音在空谷的月夜中回响
回家，是人生永远的期盼
回家，是游子难耐的热望

这个节日，心都长了翅膀
一只脚迈出去，另一只就成了自己的异乡
我一步步离开，又一寸寸回来
我用相思的痛一点点缝补回家的长路

我饱经沧桑的心空
种满了咫尺天涯的忧伤
在我模糊不清的视野里
为何总是这般凄迷，悠远

拎着乡愁追赶春的脚步
年，从故乡青石板上跃起
古城的街道就这么红了
对联是红的，窗花也是红的

背负行囊踏雪归去

在故乡老屋的门前
我看到屋檐上的冰凌正在融化
那是老母滴下的串串泪花

年味溢满的天空
耳畔旋荡起母亲的声音，过年了
腊月的窗外，灯火阑珊
屋里香气扑鼻馋着欲望

腊月，追思的时日
告慰睡成一座山的父亲
除夕的桌上摆满了佳肴碗筷祭奠
斟满酒的杯，余温还在

除夕夜，红红的炭火
温暖了久远的往事
一起静守一盏暖暖的灯火
匆匆流年深情了岁月，种下一个春天

此夜，燃烧的炉火正旺
映衬着彼岸女儿成熟的脸庞
炉中沸腾的激情
多像她曾经朦胧的青春模样

大红灯笼睁着失眠的眼睛
守望和期待远方人的归来
不知起航的脚步

几时回到梦栖息的地方

庭院两盏红彤彤的灯笼
把心燃得越来越亮
门是虚掩的
万语千言，不需半句

站在岁月的门槛
望尽天涯路
站在虎年的路口
钟声在浩瀚的宇宙间敲响

我的同窗与战友加兄弟

——致老五兄弟杨胜新

曾经我们吮吸着知识的营养
在校园寻找生命的轨迹
如果，再有那么一段时光走进课堂
夜的灯光会把希望的梦照亮

站在高过头颅的大地
当短暂停留忙碌的脚步
回首同窗灯下夜读的往事
突然才发觉我们已匆匆走过数十载的风雨

光阴的故事如梦如幻
容颜已不再光鲜
封存的记忆穿过心灵
留下多少模糊的泪滴

八零年冬季，我们迎着南疆的烽火硝烟
怀着报效祖国的赤胆忠心
用岁月谱写了刚毅的篇章
用忠诚镌刻下历史的丰碑

如果有那么一段时光

你是否还想回到凤尾竹下熟悉的营房
看一看边防哨卡那棵灿如云霞的木棉
体味绿色年华的军装味道

多少次梦里走进军营
心中呼唤着你，老五战友兄弟
胸膛里涌起一阵滚烫的暖流
脑海里闪过一串难忘的镜头

在遥远南疆的凤尾竹下
我们用双手点燃了军营的青春年华
在激情燃烧的大盈江
我们用热血染红了哨卡的每一棵木棉

记得，邀约你在清宁茶园小聚
在白塔山下田埂边捉田鸡
一起凑钱买几支香烟躲着抽吸
光着屁股在小漩涡的河里嬉戏

拾起一串珍藏的旧梦
我曾用一声乡音呼唤过你的小名
我问自己
何时回故里重聚当年的兄弟

人生的点滴凝固思绪
我的同学与战友加兄弟
三个不同文字的含义

述说着岁月远去的故事

我用同学叫过你
那是一段纯美的校园情
我曾用战友呼唤过你
那是难忘的军旅情
也用兄弟称呼过你
那是一生的患难之旅

这么多年了，时至今日
首次提笔为你写下浓浓的情意
时光飞驰，我致歉
这首《我的同窗与战友加兄弟》会不会来得太迟

是谁，让一滴泪湿润了自己的眼睛

——致老九兄弟周国军

忘不了，八零年十一月二十二日
咱们在家乡船城河边跪拜金兰结义
那一刻，意气风发的九个青年
好像遇见了灵魂知己

四十余载，好似酝酿了几个世纪
以你为主线
为相识、相伴的兄弟
提笔写下唯美的词语

这些年，你犹如一只猎豹在南高原的脊梁上
掀起一路金黑色的风暴
你以旋风的速度
率先冲出了称谓升级的栅栏

比我小十个月的童年伙伴
成为外公的你，是幸福的
据说，年少时甜言蜜语紧紧拉着一位同年级的女生
大着胆子跑到另一个城池的商海里去游泳

老九这个称呼，仿若林海雪原里威虎山的孤胆勇士

曾记否，你玩飞刀的模样好似电影《桥》里的莫尔吉
你喃喃自语，自己乘独舟贴着船城河水艰难地滑翔
老五说，这些年九兄弟吃了不少苦真的不容易

是的，当年若不是你刹那间犹豫
通往黎明的路又是怎样的一道风景
四十一载时光的归期，像流星划过
我们在汹涌澎湃的浪潮中一路探索前行

相聚时，我们轻轻叩问
是谁丰盈了彼此精彩而传奇的人生
挫折时，是谁给予了希望的力量
又是谁，让一滴泪湿润了自己的眼睛

在渐行渐远的日子里轻握一份友情
不为曾经的绚烂，只为心中的那份悠远
坐在藤椅上捧着我签赠的诗集，读着属于我们的诗句
在黄昏的夕阳里，静静地在诗歌中儒雅老去

故乡的中秋夜

高原的中秋，月亮升起
遥望夜空，充满无限的遐想
邀约明净湖中睡美的月亮
聆听秋日恋曲唱醉梦里水乡

摇曳的柳枝下
悠悠岁月的邛海湖畔
木屋点亮橘红的灯光
翻开记忆的诗卷

回眸深处往事如烟
一个孤独的守望者等候起航的风帆
夜色里穿越千年的风雨
寻觅青衣消散的朦胧背影

温润清冷的月光让满天星星黯然神伤
谁捧着珍藏的桂花酒
孤独地守望刀锋似的月亮
相思泪伴着夜的浅凉滴了千年

风铃摇曳的印记里

我是一只萤火虫
在微风细雨中
发出微弱的光亮
冲向故乡夜的窗前

我想成为回家的灯盏
照亮虚掩的门前
我的影子在故乡风铃摇曳的印记里
悄然拨动共鸣的琴弦

我是淙淙流淌的小溪
不会发出惊涛骇浪的声响
我只能听到心内清澈的声音
还有远去的时光在回归的梦中歌唱

走过岁月长河
走不出沧海桑田
在风霜雪雨的路上
曾经渴望命运的波澜

月色朦胧的夜晚

一颗闪亮的星星挂在天边
把爱隐藏在指尖
柔情像清泉直抵内心无限

唯美而深情的怀念深深浅浅
记忆或许依然停留在夜的驿站
有一天你将从我的诗歌中慢慢读懂
隐藏的秘密在字里行间

我知道那个懂我的人
依旧伫立在小河对岸
明白为什么一个人在心中
如同眼泪滑落心田的孤单

寄缕相思到远方，我的忧伤
像一颗露珠滴落在赤裸的女子身上
地平线也无法遮掩的惆怅
我模糊的眼睛从手掌中间望去
被夏天融化的泪水
可能是你的，或许恰恰相反

在南高原的云端上

索玛花排成温柔的栅栏
馨香了南高原的山路
吟一首温婉的诗，走进虚掩的门
吻醒梦中的人

撞开尘封的岁月
在人生的驿站写满诗意
让时间停歇，让空间停留
怀念云端上千年的故乡

时光之手刻下的伤痕
消失在岁月深处
重拾那些快乐的日子
寻回醉人的记忆

喧嚣的年夜
敲响迎新的钟声
燃放祈福的烟花礼炮
深邃的夜空把希望点亮

倚着光阴的窗台

黎明悄然来到
站在季节的缝隙里
聆听光阴漫过的脚步

采集春晓第一缕晨曦
诗意从天边的彩云里射出
有如轻风载着传说的美丽
弥漫天空化作一片彩云

当我从生长的故乡出发
穿过尘俗雾霭
趟出诗意的大地，走向远方
走进另一个故乡

心中的老屋
装满了刻在骨髓里的乡愁
古老的院落正与我一起慢慢变老
那片热土历尽了人间沧桑

故乡那一片飞飘的雪花

凛冽的北风
呼啸着穿过岁月的指缝
多少年了
轻盈舞蹈的雪花又降临故乡

不期而遇
初雪就这样飘然而至
宛如情人的一场告白
尽在婀娜飘逸的舞步里

二月二十二日，在这个有爱的日子里
远方的我和故乡安静地睡着
被风声掩盖的雪
在深夜悄无声息地落满老家这片深情的土地

打开手机
曼妙的雪花从古城小巷透屏而来
我在大凉山的北端
放飞一缕缕眺望的目光

庭院露出一抹红

老屋门前的素裹腊梅
在冰雪中激情燃烧出烈火
熊熊把南高原的初春点燃

腊梅张开樱桃小嘴
笑盈盈与观望的人倾心交谈
耄耋的母亲，用雪的深情
轻轻吹开花的眉眼

一个身影为洁白的盛装镶一串厚重的掌纹
我依稀看到伫立在雪中的人
那是睡成一座山
化作松柏山梁的父亲

一片片岁月飘落的雪花
撕碎了生命中最放不下的牵挂
一场雪的思念在无边无际的飘扬中起舞
生命是一场踏雪而行的凛冽与晶莹

阅读一场雪
如细数雪染的双鬓与满头的白发
生命中的雪正在路上，带着仙气
从瑶池翩翩而来，像一群白鸽

走过薄雾的轻纱

假如，不曾相遇

人海中是否会遇到那让人留恋的身影

故事里，也不会长出一个人的名字

假如，不曾相遇

谁会在暮色温润的月光下

期盼那如流光般划过生命的爱情

在角落里找到一片冰美的雪花

总有一场雪是为寻觅的人而来
红尘中的那个人不会辜负痴迷的等待
雪花飘，飘落了守望的情缘
在角落里找到一片冰美的雪花

你说，小雪悄悄到来的夜晚
我在你梦中羞涩出现
四目相对时，撞出的碎砾
你清澈的双眸映入我的眼帘

曼妙的雪花，悄悄地滑落在冬的眉弯
就像此刻，你娇艳而缠绵的牵念
在梦的边缘，遥远地看着睡美人的模样
我轻柔的絮语飘过纱帐缭绕在你的梦里

多少年了，燃烧的心化为灰烬
谁曾想到，在季节深处
转身却在最深的红尘里与心仪的人儿遇见
我相信，一颗心将紧跟对方的节奏扬起生命的涟漪

月亮升起在静谧的夜晚

我把光影的吉他琴弦拨弄
你把风琴美妙的梦幻旋律奏响
请把洁净的灵魂交给盈满彼此的心房

无眠的夜，为你而写的诗行
或许会温暖着你冰封千年的海洋
我知道，落雪的远方
一个人已把另一个傻傻地刻在了心上

远远的，我仿若看见你的眼眸闪烁出湛蓝迷人的亮光
远远的，我想触摸你一如满塘荷花的幽香
请用你纤纤玉手指引我来时的路
花开时，我微笑着踏进你营造蝴蝶兰馨香的地方

可可托海美丽的相遇

月光，洒落在带着露珠的草地上
那个春季，我们在可可托海美丽相遇
满天的星星陪我一起醉过
你那纤纤玉手酿就的蜂蜜

我的目光在眺望
眺望草原上醉美的第一缕晨曦
我们曾经支起夕阳
一起支起了梦中的希望

如今，站在约定的堤岸
心儿已随风远去
在回忆的时光里漫步
寻找曾经走过的痕迹

天上的月，演绎着阴晴圆缺
心里的月，照亮不了梦中的秋意
那好吧，就让我无数次把头贴得更近
听一听，蜜蜂飞舞的声音

我多想啊，多想与你谈一些曾经荒凉的故事

叙一些夏季河岸美丽的传说
可我知道，彼此就像彩云追月
从一开始，就注定了分离

可可托海盛满的眼泪
是谁在湖畔悄悄哭泣
心爱的人啊！为何忍心
在没有月色的夜，迈出了离去的步履

那个雨夜，我开始喊你
含着泪，清脆的声音越来越沙哑
我想成为追风的人，赶着羊群长鞭朝空中一甩
甩出彩虹，甩出绵长的思念

绵绵细雨，仿若滴落的相思泪
牧羊人听哭了谁的心
我牵挂的人，你在那拉提草原是否安然
伊犁的风沙会不会迷失你的眼睛

马头琴忧伤而思念的旋律在夜空响起
琴声在空茫的草地上久久回荡
冬的草原沉默不语，期盼
我们在可可托海再来一次美丽的相遇

我以为忘记了

岁月苍老了容颜
却老不了爱的守望
如水的光阴潺潺流淌
却流不走美丽的过往

悠然漫步在绿树成荫的柳堤长廊
寻找曾经遗失在流年里的微笑
沿着人生的长路行走
走不出曾经有你的时光

假如，不曾相遇
人海中是否会遇到那让人留恋的身影
故事里，也不会长出一个人的名字
假如，不曾相遇
谁会在暮色温润的月光下
期盼那如流光般划过生命的爱情

每一次，当你转身的刹那
心，总是那样的痛
回眸远望
背影消失在暮色的路上

微风轻轻拨弄着情丝
我看见沉醉秋色的梦里
那些久远镌刻的记忆
顷刻间又在我眼前闪亮

滴滴答答的美妙声音惊醒梦境
绵绵细雨淋湿了尘封已久的心事
清瘦的夜风吹不去念你的真情
把一丝牵挂融化在彼此的生命里

这么多年了
常常想象你的容颜和气息
我以为忘记了一切
包括你深情的目光与轻盈的身影

夜，可能飘雪

脚印落在盈江河畔
想起一个叫桃花的姑娘
挥之不去的梦影
一段墨迹未干的人生符号

淡淡的酸楚洗尽铅华
年轮悄悄涂抹时光的印迹
流年风霜盈满了温柔的思恋
纯美精彩的恋情独自沉醉

月夜凤尾竹下
影子从黑暗中隐匿
月光的背后
潜藏着多少未知的秘密

已经很久了
那些从麦田里走过的记忆无从删除
葫芦丝的乐音在寂静夜空回荡
失眠成为隐约的守望

昨日的涛声与我一起独处

那一帧剪影无法淡出
逝去的时光像一页泛黄的纸张
在岁月深处找回最初的纯真

美丽的焰火消失在璀璨的夜空
回想偶遇的过往
终将无法抵挡缓慢的忧伤
夜，可能飘雪

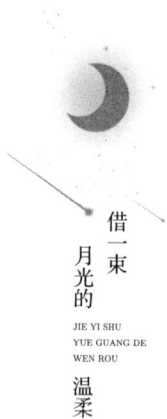

后　面

生命中的每一次重逢
就像一壶陈年醇香的美酒
刻骨铭心的记忆烙入心田
唯美的故事，已被精彩的文字渲染

人生的行囊里装满了苦辣酸甜
任凭岁月无情地划伤容颜
浪漫停留在月色依旧的夜晚
未曾风干的香吻揉进如水的思念

生命中的每一次感动
都像一首悠然美丽的诗篇
如果时光还能够回到从前
你是否愿意陪我走到生命的终点

忧伤的旋律触动沉寂的心岸
我在约定的地点守望着从未走远
缠绵从指尖化成一缕轻烟
总是把最好的人留在后面

含泪的凝望

孤独寂静的夜
含泪凝望窗前那一束银色月光
我依稀又见她盈盈的泪花
贴在冰凉恬静的月盘上

望向远方的目光
可总发现眼眸里噙满了甜蜜的忧伤
窗外的圆月已经老了
像我们一样，走在甲子的路上

今夜，我躺在床头
在银屏上写满故乡与惆怅
写下风轻云淡的流年
以及前世今生最深的眷恋

我想用另一种姿势
让身体一低再低的翅膀
贴着河谷飞翔，飞过地平线
飞进在水一方的伊人心房

今夜，月色很美

远处燃亮了烛光
摇曳的枝头，摇曳着梦的涟漪
摇落了一串串凄美的心绪

风的日子里，有你
雨的日子里，也有你
我的诗行里挤满了相依相惜
写满了深深的挂牵与永恒的回忆

梦你在夜色深处

黎明把黑夜撕碎的瞬间
泪水滑落眼角让人伤感
拾起岁月的背包
装满记忆的碎片

等待多久了
在布谷声中与你相遇
那一场风花雪月的故事
划过柔软的芳草地

慢慢地紧扣你的手
心田隐藏最隐秘的暖
岁月的长河中
我的梦总向着你这一边

谁让我有双湿润的眼
躲在小树旁想把泪擦干
忧伤的冬夜
谁在最深的角落把孤独掩藏

朦胧的初恋

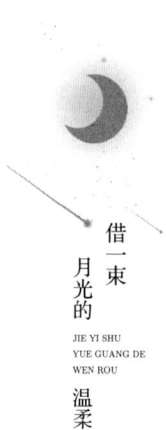

伴随玫瑰花香的浪漫
甜蜜在心海泛起波澜涟漪
想用一段情铸就一部经典

寻觅心海里那片宁静的美丽
替你擦拭一次次滑落的相思
在等待中向你走来
把一颗心折叠成一朵玫瑰放在你的掌心

梦里几度醉卧红尘深处
我情感的空间储满了太多悲欢
蓦然回首
细数千万次的眷恋

唯美的遇见

一种温柔的浪漫
越过远方的山峦
我聆听到你的心跳
像匆匆的朝云和暮雨

今夜，我静静等待
谁会在我梦里款款而行
谁的裙摆摇曳着泛起涟漪
醉美在粉红色的柔情里

暮色中，苍老的年华
珍藏着亘古的人生密码
在黄昏的渡口，你若不来
我怎敢独自行舟远去

我想赶在夕阳落下前
陪你一起，在秋叶铺满的路上
走进彼此的心灵旷野
在冷暖的光阴里走向没有月色的尽头

光阴奔流而逝

岁月的利刃在容颜上刻下了道道印痕
不经意的相遇
任两股暖流在流淌中交汇

我在远方，你在故乡
我在，你也在
我念，你亦念
涛声依旧，细语柔情

我心里下着一场温暖的雪

雪，静静飘落着家乡的烟火
亦如落叶归根坠入我的心田
耸入云端的玉墟山
盈盈飘落的片片雪花仿若情人的眼泪

谁，伫立在甘洛清溪峡古道旁
静候一个人的归来，此刻
歌声从天际传来"雪花飘，飘去了多少爱恋
雪花飞，飞去了多少情缘……"

在飘雪的南高原
片片飞雪，瞬间把我变成了雪人
我在雪中傻傻地等，等上千年
等待冬日的阳光，把我的身体和灵魂融化

眼前，一朵小花开得多么恣意
我当那是你
我是一棵树，可以为寒风中的小花挡雨
心中的雪，静静婉约成一行行的情诗

凛冽的北风，穿过岁月的指缝

我问苍穹，也问瀚海
曾经，那个在微风摇曳的雨中远去的背影
为何又进入我的眼帘

我不知道，大凉山飘舞的雪花
会不会闯入你的梦境
我深信，在流转的岁月里
总有一场遇见，会温暖了流年

红尘就像白云翻卷
时光在期待中悄然逝去
踏着月色而来的人啊，你是否看见
看见，我为你而写的一首首唯美的诗篇

窗外，洁白的花瓣上
与我一样，绽放着美丽的忧伤
我终于明白，所有错过的风景
只是为了和你在红尘中再次重聚

雪花飞舞有我的陪伴
一滴滴泪凝固了记忆
曾经把你的容颜，留在了心间
我知道，心里一直下着一场温暖的雪

青涩的记忆

纯情的照片，青涩的记忆
给予我太多的蕴藉
多想让时间和空间抵达彼此的心
我等你好久了，等待生命中最初的苍老

岁月雕刻憔悴的容颜
远去的都是最美的光阴
脑海中充满了那不断重现的画面
再过千年万年，都不会错认人海中的背影

沿着青石板的小路，向你居住的院落靠近
这一刻，让我想起戴望舒的雨巷
是谁撑起那把油纸伞
替你遮挡了曾经的风霜雪雨

曾记否，青春时匆匆的别离
多年后，晨曦中久别的重聚
相逢的瞬间，如阳光下的冬雨
湿润了赶路人的一片心境

寒风不曾停息

苍茫的雪花中却找不到你半点足迹
我念你的时候
却遇见了漫天飞雪

多么静谧，你听了吗？
我心中的茉莉
那是雪水在光芒中苏醒的声音
飘雪的那一夜，枕边渗透了我的泪滴

我多想在这银色的世界中穿越
穿越一场春暖花开的缠绵不绝
我多想时空回到从前
不再让爱寂寞孤单

是的，我的爱从未冷却
情，仍旧浪漫依依
滚滚红尘中
你是我最疼的眷恋

春花中，婆娑的红衣身影

在风拐弯的地方，吹拂起薄薄的红衣
像海的浪花，天空的彩虹
衣裙在风中飘舞
摇曳成朵朵鲜花，醉美了春意

婆娑的红衣身影
散发着女人特有的婀娜气息
谁在涓涓流淌的小河边奔跑
刚转身又静坐在茂密的森林里

柔柔的风儿揉碎了冬日的寂寞
飘逸的云抚摸着你羞涩的脸颊
风起的时候，我想起了你
我的眼中是飘过的影子，始终那样美丽

当你靠近的那一天
我要为你挑一片最美的枫叶
做一个爱的标签
折叠成永恒的回忆

有一天，岁月会苍老了容颜

却老不了爱的守望
如水的光阴潺潺流淌
却流不走，那曾经美丽的过往

微风轻轻拨弄着情丝
牵挂的人在春色的梦里
一场夜雨惊醒了几多梦境
也淋湿了尘封已久的心事

多少个夜晚，持续失眠
已记不清多少次，唯有与月亮悄悄交谈
夜风吹不去心中的真情
把一丝牵挂融化在我孤独的生命里

一次次回眸的夜晚
我可以流泪，还能一点点溶解漫漫长夜
朦胧中，那个穿红衣的人和我一样恋着，累着
像一个长不大的孩子

春天来了，百花绽放
我的爱像玫瑰那样不曾凋谢
春花中，常常想象伊人的容颜和气息
还有那深情的目光与轻盈的身影

夕阳炫了谁的眼

谷雨的午后，你从河边走过
小船被你瞬间的光影俘虏
夕阳下，呈现一幅美丽动人的油画
唯美的画卷绚烂着金黄色的笑容
波光缓缓降落在眷恋的河面上

驶向远方的小舟快速刺破耀眼的光芒
航船也越来越小
小到只能藏匿狭小的记忆

田野已静默成一袭夕阳下的金黄
远山镶上岁月的金边
晚霞仿若昙花一现的彩衣
看一眼便坠入你编织的情网

是的，为了这一刻
你已在此等候太久，太久
只为了一位优雅的女士
你已奔波了几个世纪

夕阳的余晖以她最完美的炫目

轰然消逝在山的后面
夜色降临，皆有另外的风景
唯有自己独在这片水岸陶醉

河风吹过
春色席卷了三月
远方青黛山峦
夕阳炫了谁的眼

花的深处
是那姹紫嫣红的记忆
你收藏一季的花香
只为等一个人，来嗅

等一个回眸的眼神

初夏的风,从我心海吹过
吹来远方故乡的恋歌
在一个叫核桃村的农庄,呼唤着伊人的名字
耳畔挥不散的是你的脚步

我用诗行在邛海岸边为你铺一条幽静的路
我在风中、在阳光下等你
在晨曦里留下瞬间的娇妍
在血色的夕阳下聆听你的倾诉

眼眸深藏的风景满是依恋
初见时的惊艳是无法抹去的记忆
无论多少次与你相聚
你的微笑总会走进我心深处

等一个回眸的眼神
重逢,似一场红尘情缘
等着心与心的碰撞
像火车轮与钢轨溅出的火花

是谁拨动了封尘的琴弦

让停摆的时间回溯经年
我从不隐藏那份远去的暗恋之情，如今
在按下光影的瞬间与珍藏在微信里的诗韵静静地香甜

一晃，一年过完，一晃，又是一年
岁月改变了容颜，我们已走向暮年
时光悄无声息带走了每个人的芳华
在生命的长河里，浮现出渐渐老去的身影

往事像树下堆积的落叶
片片积聚着酸楚的泪水
所有沉醉在记忆里的童话除了青丝还有白发
追风筝的一代人啊，把一生的梦想送给了大地

月光掠过的夜晚

一次别样的遇见
撞开了记忆的栅栏
月光掠过的夜晚
依稀触摸到你的容颜

岁月像船城河水潺潺流淌
躲在被时间遗忘的角落
遥想，当年那扇亮着灯的窗
孤寂地把久远的往事怀想

蒙蒙的小雨
洒满乡恋的山村
为你写过的词已谱成曲
飘荡在马头琴上

曾经，生命中的相遇
亦如流星划过璀璨的夜空
也用《枫叶飘落》的散文
抒情绚烂的梦想

闻过花开的暗香

才知时光隧道的漫长
醒来，卷一帘相思
遥寄一首温婉的诗行

眺望家乡的山峦
留不住离去的背影
借用你的眼
把月光掠过的夜晚望穿

在寻觅的路口
谁能听懂思念的心语
着一池斑斓的梦
握一束绚烂的光芒，走向远方

隐藏的总是那么柔软

邀约山顶上失眠的月亮
从孤独中走过
走进你的泪光
走出那颗冰冻的心房

蓦然回首那欢乐无忧的童年
无数次在梦里遇见
目光在无声的光影里碰撞
思念隐藏在心的深处总是那么柔软

岁月揉皱了年少的心
翻箱倒柜捕捉失落的过去
怀想阁楼的煤油灯下
偷看写给你字条的欢颜

弯月的银钩
勾起儿时的怀念像潮水一般
捧一朵朵灿如云霞的杜鹃
温柔成一首满笺的诗篇

难忘那段嬉戏

风吹干了洒落的泪滴
等一个人的出现
时光催老了容颜

跳动的心　荡起涟漪
甜美的梦比影子还长
那些散落延绵记忆的碎片
落在了梦的远方

年轮刻印经年的皱纹
岁月抽走青春的容颜
风刀霜剑将浅浅的愁绪割断
梦在轻柔曼妙的云朵里舒卷

我深情地凝视着你
彼此的目光在无声的光影里碰撞
走进你的泪光
走不出那颗温暖的心房

走过心灯点亮的方向
思念落在了梦的远方
风雨里聆听脚步的回声
用诗歌慰藉远去的时光

我沧桑的容颜
如苍凉的故乡渐渐老去
从眼角滑落的泪
像故乡的雨

追赶夕阳下的太阳

光阴，在冬的阳光里穿行
你悄然站在时间的转折点上
轻轻地踏着柔软的白云
悄无声息地从眷恋的蓝天飘过

从零开始，人生的下一个梦想绚烂登场
把封尘的记忆放在潮湿的心上
或许你早已经迫不及待
去享受色彩斑斓的悠闲时光

淡出的葱郁年华
霞光中收敛的回望在情怀里绵长
任时光如何轮回
逝去的曾经已然是过往

谁仿若一只飞鸟越过万水千山
也亦如雨后那朵唯美的云彩
夜幕下，灯火阑珊处
悠长的身影走过冬的萧瑟

曾经肩上的责任与担当

依依不舍地淡出视线的远方
把泪水与疲惫挂在树梢
微笑着去追赶夕阳下的太阳

借一束
月光的

JIE YI SHU
YUE GUANG DE
WEN ROU

温柔

等你在曾经的梦里

月光如水的夜晚
温存的目光在梦里出现
婉约唯美的画面陶醉缠绵
温暖像只小船在夜的床头悄悄搁浅

很多时候只差一步
就能看见你的温柔
多想牵着你的手
不约而同对往事回首

在人生的画卷里相聚
在时光的流逝里寻觅
重聚在未老去的时候
相约在青春逝去的尽头

在岁月的故乡
思绪缠绕在沉寂的心底
等你在冬夜的城楼
等你成为不眠的守望

相约同窗情

知道你会来
亲吻青春的背影
翻开尘封的记忆

从未这样深情地聆听
由远及近的声音
滴滴答答的脚步
有如教堂摇摆的钟声

夜风掀起窗帘
慌乱一双明媚的眼
谁躲在窗后
等待同桌的女生出现

岁月揉乱容颜
多想偷偷看清你的脸
我们如此之近
其实只隔着一盏灯的距离

相约冬的夜晚
微风吹拂无尽的惆怅
鼓楼书吧的窗前
思绪缠绕在沉寂的心底

在诗的远方遇见你
泪水悄然把双眼迷离
怎能忘记一生最美的回忆

把滚烫的同窗情留在心里

匆匆那年像一个长镜头
凝视青春消失在视角的前面
几多秘密藏在温柔的怀里
化成点点微甜的诗句

当青春的容颜不再回头
你是否和我一样在找寻的路口
回眸彼此的背影
在远去的路上

谁在迷醉的诗画路上

我在春色里呼唤着你
多想倾诉梦中隐藏的青春秘密
那些金色的记忆
依旧闪烁着回望的泪光

我的每一次呼吸
都吐露出对春的希望
我的每一次心跳
都是为了握紧一份珍藏

我在沧桑的容颜里
寻找年少的梦想
我在深情的土地上默默守望
伴随时光在季节深处流淌

穿过记忆的栅栏
翻阅青春泛黄的时光
你的身影
从未淡出我视线的远方

在沙沙的落叶声中

我听到你的足音
你不幸被我想起
想起那颗明亮而遥远的星

谁在迷醉的诗画路上
细看春色的俊俏模样
谁的影子像一阵风在湖畔吹过
散发出三角梅青涩的馨香

思绪在湛蓝的天空下盛开
春的季节洋溢着最美的遐想
我们在邛海湿地流连忘返
把同窗的往事像火把一样点燃

四月的太阳
映红了你的脸庞
春风吹拂着我的心
也吹绿了花蕾满枝走过的村庄

今夜的风很轻很轻

泪光润湿的双眼
一幅久远的剪影定格眼帘
回头望你转身走远
目光停留在岁月深处

从此我们丢掉了彼此
我唯有站在光阴的路口
顶着连绵不断的风雨
默默期盼相聚的归期

站在时光的两岸
憧憬着云水间的清欢
一片静谧的意境，一段曼妙的音律
我指尖与你黄衫秀发的距离触手可及

绚烂的彩虹倚在冬的窗口
用诗歌的语言叠成一句温柔
把你放在最宁静的角落
请允许我这样静静地想你

寂静漫过失落的夜晚

谁点亮了温暖的灯盏
期许你的出现
把重逢化成一世的眷恋

心中这道暗伤
不曾轻易显露
也不敢轻易碰触
总想掩藏在最深的角落

风吹入盛满忧郁的眼眸
触疼微皱的眉头
唇边跳跃的诗句
是暗夜浅浅的愁绪

生命的音符被双肩托起
我什么也不想说
只想把写满雪花的恋
寄存在约定的那个夜晚

回首旅途匆匆的脚步
青涩盛满酒窝的面容
以轻柔的歌喉吟唱在夜色深处
今夜的风，很轻很轻

惜别在邛海湿地

踏着湿地的幽静
漫步在微风细雨里
走进南高原春天的柔情
却走不出彼此的距离

摆好妩媚的姿势
伸出你纤细的手指
刺桐花下的倩影
宛若一朵朵山花绽放的美丽

由近及远的风轻轻吹入心田
山的那一边有如春雨点点
在没人的转角处鼓足了一辈子的勇气
向你伸出滚烫的手

惜别在邛海湿地
在回归的路上，那个念着你的人
一直在你想不到的地方

把梦融进潮湿的诗行

此时，天是那么蓝
比你来之前高了一个手指
站在波光粼粼的湖畔
我用光的速度追逐鸟儿飞跃的影子

我追到一棵树旁
坐在花开的树下
喘着粗气，睁大眼睛

曼妙的身影

春天来了，你也来了
沿大凉山索玛花开的路径飞奔
你说，月亮升起的地方
犹如洒落人间的天堂

梦里水乡烟雨鹭洲西波鹤影
邛海湿地庐山的风景绮丽多姿
泸沽湖，浪漫的走婚桥依然神秘
南高原的春天盛满了燃烧的火焰

放慢匆忙的脚步
黄昏里，苦寻你的倩影
蓦然回首
你在转角处静静伫立

时间慢慢变老
曼妙的身影风韵犹存
多年后，彼此围坐火塘
诉说心海的秘密

是的，往事已成为脑海中的剪影

曾经的过往依然清晰
皱纹和年轮把时光流转
白发渲染了走过的经年

岁月像小河漫过记忆
再也找不到青春的痕迹
那些闪烁的光点
宛若依稀的梦影随风而去

深邃的夜空，星星眨着眼
月色朦胧，暗夜灯火阑珊
泪眼迷蒙，不忍流下
挥挥手，别在暮色中

跌落的梦

夜色里，星星的眼神
为何这般明亮
流淌的诗歌意境
依旧那么香

能否停下匆匆的脚步
抹去曾经记错的符号
靠近为你亮着灯的窗
在月色中对视相望

有谁知晓
跌落的梦是啥模样
相约梦中微笑
令人加速心跳

躲开瞬间心颤
坚守着心的荒原
悄悄把眼睛闭上
想蝴蝶在花丛追逐的缠绵

忧伤在心海深处

不眠的守望在诗的痛苦上
梦跌落灯光窗前
醒不了想你的空间

昔日满含幸福的甘甜
瞬间化为云烟
轻轻地挥一挥手
一阵风把满眼的浮华带向天边

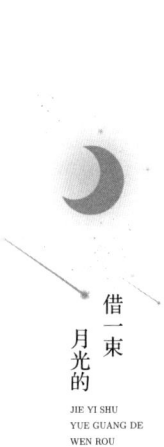

缠绵从指尖化成一缕轻烟

风铃摇曳
轻轻拨动记忆的琴弦
唯美而深情的怀念深深浅浅
一切都变得那么久远

行进在岁月风霜的路上
心中的执着追求未曾改变
任凭时间染白了鬓发
哪怕岁月无情地划伤沧桑的脸

我知道那个懂我的人
依旧在相约的小河对岸
明白为什么一个人在心中
如同蒙娜丽莎的眼泪滑落心田的孤单

走过岁月长河
走不出沧海桑田
曾经渴望命运的波澜
人生的行囊里装满了苦辣酸甜

月色朦胧的夜晚

一颗闪亮的星星挂在天边
一生风月，一世情缘
把爱藏在指尖

风，飘过河岸

——致文友鄢丹萍

初冬，夜渐寒冷
谁独自在静谧的安宁河畔歌唱
我，循着风
倾听越过山峦的脚步声

如幻的梦影，随风而来
一双惊喜的眼睛开始慌乱
激情漫过思绪，点亮了温暖的灯
驿动的琴音，落入心田

夜色像迷失的小舟
灵魂徜徉在月光洒满的河畔
剪辑一段画面，放在心上
将你赠予的暖意深藏

在留有一串足印的路上
我用诗歌折叠成温柔的话语
在冬的对岸，等待一首动人的诗
写下与你相逢的喜悦

多少个曾经

——致告别警营的友人袁琼

多少个曾经
在这座拯救灵魂的家园
你用烈火般燃烧的真情
将一颗颗冷酷的心灵唤醒

多少个曾经
巡逻守护在没有硝烟的战场
一束束探照灯的光亮
照射着你威严的警装

当你穿上戎装的那一刻
耀眼的光芒从乌云里破顶而出
藏青蓝的警服在风中轻快舞动
威严的金色盾牌矗立在高墙之上

警营里绚烂的铿锵玫瑰
凉山女子监狱绽放的花蕾
臂章的正义打磨着英姿飒爽的豪气
警徽闪耀的光辉是你的最美

曾经，无数次默默问自己

在这个多彩的世界
那个叫"警察"的名字
为何令自己如此痴迷

总是在想
如果，没有选择这条路
生命里的绿色是否这般盎然
人生会不会又是另一番风景

顺着时光的隧道
笃定的眼神，拨开枯草
搜寻被狂风吹失的过往
回眸中，头发就白了

含着一丝苦涩
梦里，醒来
那条西河边通往监区的路
已然醉成了年少的模样

曾经，走过太久的孤寂
承受太多的迷茫
那道石堆砌成的围墙
是否留下抚摸过的痕迹

站在时间的这一头
凝望无声的往事
一双透视的眼睛

安抚着怀恋的心

穿过夜色的灯光
抱紧所有的遐想
千帆过尽，心不曾坠落
挥挥手，站在暮色中

青春逝去，无悔岁月随风飘逸
脱下警服，笔直行走在写满平凡的路上
离去的背影，亦如轻轻的来临
抖落寒霜，你用双脚在南高原踏出波浪

雨中彩虹的美丽

静静地望着你
望着天空滴落的小雨
静静地望着你
望着雨中彩虹的美丽

当太阳爱上了雨
七彩光束的美丽是你的传奇
我在寻找雨中微笑的彩虹
也在凝望阳光下难舍的小雨

是谁在云端哭泣
为何眼泪在雨中穿行
我想饮尽你的泪
因为彩虹就要悄然来临

当时光还未老去
若隐若现的彩虹将转瞬离去
我想把你放在心海的深处
留住雨中彩虹那难舍的美丽

心扉搁浅在暗夜的港湾

静静地陪着夜色的时光
心扉搁浅在暗夜的港湾
是谁在荧屏前轻轻诉说
是谁的温暖从键盘里悄然走过

隔着荧屏我向你问候
我想成为你暗夜倾诉的对象
隔着荧屏我向你招手
我想轻轻抚平你心中的忧伤

啊曾经我们有过最真和最美
那是爱和爱人的滋润
你那忧郁温存的目光
至今让人无尽的思念与回味

啊曾经我们有过难忘的回忆
那是家和幸福的温馨
几度回首往日的温情
走过才懂牵手的意义和珍贵

七夕的月光染白了花瓣

初秋，月光流泻的夜晚
七夕述说着千年的爱恋
是谁把相思的泪洒向人间
是谁让相爱的人柔肠寸断

阅尽红尘滚滚的人间
谁解牛郎那离苦心酸与磨难
惊天动地的生死恋情
苍天也为人间无数的相思哭泣

千年的等待
冷却了人间多少凄美的故事
每逢七夕
心中总会升腾出温柔的浪漫

七夕的月光染白了花瓣
银光温柔的手指摩挲着颜面
踩着薄冰走过千年的桑田
借一座鹊桥与一个人遇见

你在彼岸，我在此岸

三千里月色任我们缱绻
缠缠绵绵的恋人
醉倒在爱情的葡萄园

银河下起流星雨
飞着爱的絮语
夜，静悄悄地走来
我倚窗睁大遥望的眼睛

我扶起被风雪吹乱的目光

风在夜里敲打着门窗
我扶起被风雪吹乱的目光
只想静一静，一个人静静地想
想落雨的黄昏和那个趟过河水的人

风把时间的声音吹向远方
也把走远的故事吹进心房
还把一个人的名字吹得摇摇欲坠
吹得像尼加拉瓜的瀑布

风掠过南高原、掠过大凉山
吹乱了一个人的思念
在沙沙的落雪声中
我听到了远去的足音

就在今夜，掀开梦的一角
别让期许的心情涂上灰白的颜色
无痕的影子在风中飘落
我问风儿，我的岁月，你在那里？

每当想起那个穿红衣的女子

才知晓珍藏已久的秘密依旧绵长
我愿把忧伤的诗写成千回百转
将一个个思念的文字揉捻成醉美的诗行

岁月的痕迹斑驳着故乡的老屋与雨巷
月色轻拂眸间掠过一丝薄凉
拾起那些被时光搁浅的心事
还有生命中细碎的尘香

我想留住风雪的影子
亦如留不住滚滚而去的流水
我不想留住风雪的影子
可，风雪的影子却留住了我

柔情，在水一方

——致永远的邓丽君

在任何时候，都愿意
把你藏在谁也无法触碰到的距离
爱在心怀，我怎能离开你
心里梦里期盼，在水一方等候

甜蜜的歌声从遥远的海岛踏雾而来不着痕迹
第一次见到你在十亿个掌声的荧屏中
你把最美的风采呈现
呈现，最美的容颜

哦，阿里山的姑娘
仿若难忘的初恋情人
你在我梦中，真叫人着迷
你是魔鬼，是偷心的人

任时光从身边流逝
我依然不能把你忘记
从青涩到白发，心有千千结
人约黄昏后，只留下寂寞的泪影

伊人何处，希望和你再相见

千言万语道不尽
我，只在乎你
小雨多美丽，像情人的眼泪

又是一个下雨天，东山飘雨西山晴
夜色中微风细雨，心湖里又起涟漪
我和你相依偎，漫步人生路
有谁知我此时情，梦向何处寻

星夜泪痕，孤单心酸女独上西楼
心事知多少，别把眉儿皱
无情荒地有情天
爱似轻风，情似细雨

为君愁，无语问苍天
情难守，好梦太匆匆
畔留香，舞伴泪影
碎心恋，清夜悠悠

夜来香，昨夜梦魂中
初恋的地方，旧梦何处寻
虞美人，花前月下独徘徊
相思在梦中

彩云飞，迎着风跟着云
问彩霞，伊人在哪里
问自己，我心深深处

几多愁，想把情人留

多少黎明多少黄昏
忘不了，南海姑娘
春风吻上我的脸
恰似你的温柔

问世间情为何物
一帘幽梦，月夜诉情衷
祈望有一天，一代歌后从海的那边踏浪而来
带着你的长发和旗袍

芳草无情
1995 年 5 月 8 日黄昏
一个惊雷炸响
你在泰国清迈被上帝接走

一部镶嵌在我身体里的柔软
一个我听了多年甜美歌声的女人
一直让人猝不及防地迷醉痴狂
一生的心被你牵着

雪花覆盖守望的归期
北风吹来阵阵寒意
这些年，我不尽地怀念
就像怀念逝去的青春与生死的恋人

今夜，窗外月儿像柠檬
悄悄地告诉你，月亮代表我的心
挥别，月下送君
情人再见，何日君再来……

心灵深处隐藏的符号

我想找出最美的词语

来形容双亲在儿女们心里的形象和分量

我不敢看落在纸上『父母』两个字

怕低下头泪水会把纸浸湿

露珠珠，是我生命中永远的惦念

在二十五个成长的岁月里

无论你飞得有多高，行走有多远

都是我眺望的远端

我寻觅的眼与您深情对视

用斑斓的梦感悟岁月留下的美丽

请将我的灵魂交给一首诗吧

把所有的爱，都写进沉醉的诗行

在夕阳的路上

——致九十一、八十六载耄耋的父母

黄昏，眺望着远方的山峦
泪水弥漫了沧海桑田
故乡苍老了双亲的容颜
我却加厚加宽了对您的思念

晚霞的光束照射在钟鼓楼上
夕阳洒满古朴雄伟的城楼土城墙
我的目光定格在冷寂的老屋门前
瞬间，心被酸楚的眼泪覆盖

老屋旁的那口古井
似一曲娓娓道来的乡音
谁能听出咱内心的波澜
乡愁是我心中永远的惦念

父母不在身边
心却在儿女们的身上
老人托着望眼欲穿的守望
亲情承载着春天里最美的画卷

岁月，染白了母亲的黑发

沧桑，刻满了父亲的脸颊
这些年除了短暂的团聚
儿女们还能有怎样的期许

八十余载耄耋的苦难
从您泪光里走出来
头发被时光的风霜袭击
从乌黑走向了花白

面容憔悴的父亲常常靠在座椅上
嘴巴微微张开又把话咽下
我握着父亲枯瘦的手
如一片雪花那样轻飘

父亲的话越来越少了
有时也听到您独自发出的叹息
您说自己累了
想找个安静的地方睡个好觉

寂静的夜色四周静悄悄
老屋没有了儿孙们的喧嚣
您孤单的记忆中
是否还会想起未走远的欢笑

父亲划过夜空的情牵
追寻我回归的脚步
母亲用温柔的情怀

遥望我回家的身影

老爸，暑假期间
我会带着您的孙女回家团圆
她说，要搀扶着您慢步行走
陪伴爷爷在古城的街道上玩耍

老妈，小露珠为奶奶准备了生日礼物
那是加拿大的御寒围巾
她说，南高原的风很大
别让它吹疼了老人家

父亲，是一个男人最温柔的名字
是一首永远写不完的诗
母亲，是生命中永恒的符号
是一座山一片深情的海

父母是儿女心中最柔软的情感
昔日的情景又在梦里浮现
我趴在父母背上
进入甜美梦乡的那个夜晚

我想找出最美的词语
来形容双亲在儿女们心里的形象和分量
我不敢看落在纸上"父母"两个字
怕低下头泪水会把纸浸湿

我轻飘的笔，写不出父亲平凡的一生
我脆弱的诗，也撑不起母亲灿烂的天空
那老去的容颜里
隐藏着儿女们未知的秘密

您日渐苍老的身影蜷缩
灯光下的眼睛已然混浊
疾病缠绕让两老彻夜难眠
蹒跚的步履丈量着生命的长短

时光在白驹过隙中一闪而过
儿女是否会把双亲遗忘在夕阳的路上
我不知道还能拥有父母多少年
还有多少时光可以忧伤还能感叹

父亲额头上的颗颗汗珠
从稀疏的头发缝中渗出
迟缓地挪动着脚步
晃动的腿把疲倦的身体移出门槛

在送别的老屋门前
您的眼里浸入酸咸的泪花
心中也托着遥遥无期的牵挂
我哽咽地叫了一声爸妈，你们回去吧

时光里耄耋的母亲

——致八十六载的母亲

岁月匆匆旋转
从一个身影到另一个身影
时光里耄耋的母亲
皱纹布满了您日渐苍老的模样

光阴剪掉您乌黑的秀发
两鬓雪霜，镌刻在风雨的年轮上
生活的重担压低了您单薄的双肩
生命的长河写满了坎坷的日记

灯影映照着微驼的身形
您低着头，躬着腰，喘着气
吃力地用粗糙冻裂的手捶打着腰肢
无助的我，抑制不住要流泪

每天在厨房张罗着三餐
桌上摆满热乎乎的米饭
一粒粒，那是您晶莹的泪珠
在儿女们心中流淌了很多年

您裂开的手指用胶布裹着

下肢发胀的静脉粗得像蚯蚓
暗夜，被您的咳嗽声惊醒
我的眼眸不敢面对疼痛的母亲

母亲，真的老了
坐在电视机前，歪着头
睡着了，一会儿又醒
深夜还要找点吃的，像个孩子

有时您忙里偷闲
翻开我的诗集
每次都躲在深入骨髓的文字里哭泣
您说要把某些词语镶嵌在脑海里

此时，我还可以聆听跌落在尘封里的故事
如今，还能把您沟壑纵横的容颜端详
可有谁知道，还有多少时日能让母子相望
您说，儿女是自己活下去的唯一念头

秋冬的白天您喜欢坐在门前烤烤太阳
夜色还未降临，便匆匆奔向屋里
打开电视搜寻有关国际和国内的新闻
您说，人老了也要关心国家大事

母亲，您是一盏灯
亦如守护黑夜的哨兵
母亲，您是一双眼睛

穿透儿女回家的夜色路径

母亲，您是一堵风雨的墙
屹立在老屋门前的中央
把凛冽的寒风遮挡
您温暖的爱高过喜马拉雅

生日的夜晚
我想起那首《烛光里的妈妈》
"噢，妈妈，烛光里的妈妈
您的腰身倦得不再挺拔……"

母爱，高过珠穆朗玛

夕阳的余晖，落在流淌的河床上
秋的明月，翻过故乡的那道梁
夜空柔美的月亮
如同母亲慈祥的脸庞

穿过夜的脚步
月色隐去您逝去的年华
您行走在黑夜灌满的风里
走进我为您深入骨髓的诗行

容颜被时光裹挟而去
生日的烛光里
有您憔悴的身影
眼角边有许多碎碎的皱纹

母亲，是您含辛茹苦
给了我们兄妹的生命
您用一生的爱
托起一个个幼小的生命

橘黄的街灯下

将您挺直的背影扩大
混浊的眼，把儿女回家的路望穿
未放下行囊，我朝着老屋喊了一声“娘”

一声声咳嗽惊醒睡梦
您微颤的手
轻轻捂着胸口
怕太用力，心儿就碎了

我拉开床头柜
抽屉里没有药片
只有当月退休金为孩子准备的房款
除了这些，还装满了母亲的泪

岁月的风霜
压低了瘦弱的双肩
而您的爱
却高过了珠穆朗玛

康乃馨，温柔着五月

——写给母亲节里的母亲

在初夏的风雨里
康乃馨温柔着五月
母亲节，每年都有这一天
八十八岁健康的您，未曾老去

可面对渐渐苍老的母亲
我的心像火车轮从铁轨上碾过
看见昏沉睡意的您
我的心一次次被闪电击中

我知道，自己的青丝遮不住您的白发
可我想无限期紧握像柳枝一样的手
多想让光阴慢一点，再慢一点
让您能留住往昔的容颜

母亲被岁月叠加成了耄耋之人
穿过缝隙的光，望着黄昏中蹒跚的您
我不知道还有多少时日
能搀扶着您，走在未知的人世路上

每到冬季，寒冷使你的手指开裂流血

静脉曲张将两只小腿血管发胀得像蚯蚓
不忍细看，我的泪一滴滴夺眶而出
掩不住锥心的疼痛

生命缩短着每个人的归程
翻过一道道山梁，在时光深处
撕开的是一条条皱纹
就像昨天和今天

没有谁，可以把爱淡出
您慈祥的爱，包裹着无法掩藏的忧伤
没有谁，在生命中留下一生的最美
您的爱，装下了韶华的蹉跎

我典型的瓜子脸与希腊鼻
印证了母亲曾经娇美的容貌
您额头上如沟壑的印痕
在流淌的年华里串连起人生的珠链

这些年，您在黑夜中守护着悠闲的星云
不问明月也不问天涯路，明天还有多长
每次踏进门还能叫您一声妈
有母亲在，家乡依然是家乡

母爱，如天际中那轮皓月
一直亮着，照亮我人生前行的方向
您眼里时常含着的泪

如夜空中闪烁的星光

每次临行前，我分明感到
身后，汹涌着澎湃的暖流
不敢回头呀，我怕
决堤的不仅仅是家乡的船城河

风雨里，步履蹒跚的身影

——致 88 寿辰的母亲

在母亲生命的黄昏
阳光下，儿女们陪您度过温馨的一天
我在烛光中深深祝福，答谢母恩浩荡
不管四季如何变换都有一团火在我心里燃烧

"回来还是一个人，要是有个她就放心了"
娘的"唠叨"在不寐的夜里
耳畔无尽暖暖的呢喃
那是母亲放不下的牵挂

穿过缝隙的光
我看到最揪心的一幕
最清晰的是母亲常常靠在床头昏睡的模样
不知老去的是母亲，还是我的岁月？

母亲，明澈的双眸已变混浊
岁月沧桑，已不再韶华
沟壑纵横的脸颊，青丝变成白发
纤纤玉手也变得像老树皮干巴

总以为母亲的腰背永远挺拔

可静脉曲张和高血压多种疾病痛出您多年的煎熬
衣兜和枕边除了降压药还有速效救心丸
憔悴的母亲，总是早起，比朝霞还提前几个小时

当儿孙回家，您拖着瘦弱的身体张罗一日三餐
风雨里，迈着蹒跚的步履去追赶生活
从家到菜市一点五公里，一身尘土一身泥
用我的身体，想为母亲撑一把伞

独坐老屋的您啊
那额头的汗珠汇流成了一条无声的河
母亲在我的诗行里化成两个湿漉漉的文字
只读一次便是风雨后的彩虹

背过我的身影在时光中苍老

——致九十寿辰的父亲

冬的夕阳，天空美丽的霞光
在故乡的土地上撒下一片金黄
我喜欢高原落日的温暖
在炙热中表达最柔软的情感

我颤抖的手打开词典
却找不到一个赞美您的词语
是泪水模糊了
模糊了，我的视线

童年，我骑在您的脖子上走进学堂
拽着您的手，去追赶梦中的月亮
今夕，我推着轮椅上的您
穿越古城，漫步在南高原的脊梁上

光阴悄然穿过岁月的长河
孤独的您，在朱自清的《背影》中
驮着蹒跚的步履
足音从青石板上滑过

您曾是一驾马车

承载着家的重担
清冷的晚年，您手握拐杖
支撑起被风雨垒起的一个个点

您的背，不再挺拔
憔悴的眼神
坠成弧线的抬头纹
镌刻在年轮的额角上

伟岸的身影已经蜷缩，在颤抖
我的心在痛，不敢触碰
您的眼里浸满了泪水，未曾流下
喉咙里哽咽着饱经沧桑的苦

如雪的华发
印证着历史的痕迹
老去的容颜里
隐藏了多少酸甜苦辣

谁用心揉碎冬夜的凄凉
吞没仅有的光亮
您坐在"木凳"上敲打黎明
静坐冥想，多少往事值得流芳

记忆在时光的缝隙里穿行
趴在遮风挡雨的脊背，进入甜美的梦乡
背过我的身影

在白驹过隙中渐渐苍老

蓦然回首，九十一载生命的归期
碎落了一地芳华
您，不敢老去
因为，孙辈还没长大

我怀抱着纪念的诗篇
守望日暮，守望这片渐渐衰老的土地
父亲，我要为您点亮一盏灯
在沉寂的冬夜，独行无声的路上

有一盏灯醒着

——致父亲九十寿辰

北风呼啸的十二月
充满诗情画意
寻觅风从天空流过的痕迹
聆听鼓楼的钟声，敲碎黎明的宁静

风在夜里敲打着门窗
父亲微微的鼾声响起
与夜莺的低唱交融
在我耳边悠长回荡

漂泊多年，我总是想起从前
总能听见大山深处有人在呼唤
时常看到淡蓝的炊烟
寻望那生命燃烧的火焰

悠远的记忆穿越时光的长河
光阴抹去了太多的痕迹
我用一首诗里的笔墨为您铺开人生的悲欢
把父亲慈祥的爱铺在大地上抒写

穿越雾霭，拥抱年迈的瘦影

您额上一道道皱纹是淌过岁月留下的踪迹
父亲在年轮上翻阅往事
将一页页的日子紧搂在怀里

父亲的梦不长
像冬夜的一盏灯，熄灭了又点亮
常春藤沿着老屋的土墙往上蹿
亦如您艰难地朝着一百岁的阶梯向上攀缘

腊月的北风恰好路经门前
吹开圣洁的花朵
吹来一曲冬日里的生日恋歌
也吹亮了月光下不老的传说

儿女们最深的祝福
是送您一首最美的歌
每一个触人动心的柔软
都可以驱散冰寒

时光之手摇起缕缕的乡愁
父亲在寂静的冬夜中守望
熟睡的夜还有一盏灯醒着
无尽的月色，静谧流淌一夜的心语

我怕一丝风把您吹凉

——致九十一的父亲

冷月映照静谧的玻璃
写首诗给老屋里耄耋的父亲
却不敢写到岁月深处
我怕会写出忧伤的诗句

望着您单薄佝偻的身影
驼着风雨的脊梁不再硬朗
我不敢注视您浑浊的眼神与稀疏的头发
也没勇气抚摸那一道道满是沟壑的脸颊

在老宅的古井旁
您靠在冬日阳光的土墙上
回忆那些无人能懂的过往
还有灵魂深处隐藏的苍凉

父亲啊，您说在沉寂的黑夜
几十载的景象常常在梦中闪现
那些抹不去的记忆
早已镌刻在裂痕的缝隙里

无论春夏秋冬与雪雨风霜

天空还未放亮，您已悄然走进滨河岸旁
伸出像柳枝一样瘦弱的手
迎接晨曦的微光

父亲是那双遮天的手
搓着日月，搓着光阴的故事
父亲啊，您是一座山
让温暖和慈祥依山蔓延

您滴落的滚烫汗珠
好似扎紧口袋的针线
把爱缝进生命的长河
流淌在儿孙们的心岸

父亲，在您面前
我，不敢说自己老了
可我，已靠近一个甲子的边缘
烟雨朦胧，雪花悄然飘落

我可以悠然坐在藤椅上
沏一壶茶，在阁楼书屋
捧着自己的诗集
读着唯美的词语

在依恋而多梦的故乡
写满了两个男人丢失的青春风华
蹒跚的时光里

我拥着爱，追赶在日暮的年轮上

冬的脚步声已越过山峦
父亲，您可听到雪花飘落的声响
不眠的夜，您在窗口伫立
冬雨淅沥，我怕一丝风把您吹凉

驮着光阴的背影

——致患病中的父亲

这些年，在故乡沧桑的老屋
盼我回家的人
除了年迈的阿妈
还有四季戴一顶绒帽坐在轮椅上的阿爸

父亲，曾经伟岸的身形渐渐枯萎
弯下的腰，像一棵苍老的树
不见了，能够支撑我的那一个脊背
想起这些，我心里就格外的酸楚

您混浊的眼神
偶然也会出现一丝光亮
挂在月夜的天幕
翻越龙肘山那座乡愁的山梁

您一次次艰难地从轮椅上站起
颤颤巍巍地在房间里移动脚步
在柔和的光影下
您期盼的目光把窗外的路径张望

夜，把梦的影子拉长

风，拍打着虚掩的门窗
我怕屋外挤进南高原的夜风
只是一丝，就将您吹凉

比故乡鼓楼的钟声还早的
那是您，我的老父亲
每一声剧烈的咳嗽
我的胸口总会钻心的疼痛

无眠的夜，您的一声叹息穿透了星空
岁月的长河，涌满了疼痛的心房
您轻飘的手，翻动着压在枕边发黄的照片
那些遥远的记忆，在夜色中闪着光

太阳还未爬上山岗
您的梦想已漫过黎明的堤岸
瘦弱的手拄着拐杖
已把古城的石板敲响

透过时光的缝隙
在目光触及不到的远方
为双亲写下的一首首噙满泪水的诗行
凝视成无声的守望

我在朱自清的《背影》里
看见您驮着光阴，蹒跚而行
那个苍老的影子
就是盼我回家的人

渴望生命

——致九十一的父亲

我读过《乡愁》
却不能完全读懂隔海相望的诗人余光中
我写过《乡愁》
诗里的老人疼痛地挂在故乡年轮的光影上

风吹过我的乡恋
也吹过我和老屋的回眸与亲人的守望
故乡，被父亲悄悄藏在心的深处
藏在了梦的远方

父亲，九十一载生命的航船
在电闪雷鸣的风雨中摇摇晃晃一路前行
生命颤巍巍地悬挂在波涛汹涌的桅杆上
您说，渴望一抹浪花把我劈向无风无浪的海滩

卧床四个月了，睡意昏沉的您吞下了多少黑夜
您瘦弱的双手一次次颤抖地把身体撑起
焦渴的眼睛望着地上的位置，多想悄然站立
是啊，从床上到床下竟有这般遥远与短暂的距离

父亲软软的身子靠在我的臂弯上

消瘦的骨头却硌得我心里发疼
我看到了您永不枯竭的力量
我也看到了您偶尔浮现的一丝忧伤

尽管您的眼神黯淡无光，我依然仰视
您被时光点燃的白发闪亮的光彩
我以诗人儿子的身份与您述说
想用诗行为你铺垫渴望生命的通道

父亲，不认为自己老了
您说老去的只是年龄
而我的灵魂却依然年轻
您很有朝气，无论白昼独白哼着小曲

多少个夜晚，您习惯偷望窗前的月光
把秘密深深藏在窗幔的后面
如果还能直立行走
您会让爱，抵达生命的禁区

夜，笼罩着昏昏沉沉的梦
您常常自言自语
怎么总有一群人
像女巫疯狂地在眼前舞蹈

您听见岁月轻轻走来的脚步声
您知道，每个人终究抵不过时间和苍茫
您还说，不想在一个人的黑夜里消亡
只因为放不下，放不下对亲人的那份牵挂

我的爱陪您驶向无边的彼岸

——写给天堂里的父亲

奔跑的夕阳卡在故乡的老屋门前
父亲在端午的霞光中看见舞动长袖的踪影
您穿过河水与屈子遇见
未曾留下只言片语

风霜雪雨中您一路走来
在时光里离开了前行的航线
是的，生命因为轮回拐向了另一边
为您而写的诗走向了遥远

都说六十年是一次生命的重生
您度过了一个半甲子的光阴
有多少人能迈过九十的门槛
安然抵达灵魂栖息的地方

粽香弥漫，我踏着月光在回家的路上
是什么支撑着您拼尽最后的气息等待远方的孩子回来
是什么让昏迷的您听到我的声音
悄然泪流满面

我跪着，您躺着

我只能用这种方式与您交谈
紧握您还有余温的手
我昂起头颅朝苍天哭喊

生命抵达尽头
望着一动也不动的冷清父亲
到生命的最后一息
每一秒都是酷刑

父亲，孤单地走在没有月光的路上
其实呀，您还有梦
多想活着，哪怕再多一秒的呼吸
此时，我已感到您内心深处的悲戚

翻看珍藏了几十载的相册
瘦弱的身影再一次出现
泪水奔涌我的眼帘
我把眼泪咽回肚里，怕人看见

生命在瞬间消逝
我在黎明与黑夜的老屋
触摸到依然有余温的那张床
无限地凝望着夜色中的身影

父亲就这样静静地走了，在远去的路上
您的眼神流露出对世界的眷恋与亲人的情牵
让我挺直的脊梁

成为您抵达天堂的阶梯

父亲，您那沧桑的容颜
包裹着无限的心酸
我的爱陪您驶向那无边的彼岸
走进开满鲜花的乐园

梦中的驼铃声响
您微笑着独自向西走进天堂
走向梦中朝圣的地方
或许，某一天您会遇到一位楼兰姑娘

站在一首诗里把您相望

——致仙逝的父亲

父亲，活了九十一
比您父亲还幸运
您见证了建国七十周年的风风雨雨
更享受了新时代晚年幸福的丰厚待遇

多少次，我陪着耄耋的您
沿着崎岖的山路到祖坟山给爷爷奶奶烧钱纸
您对我说，这不仅仅是祭奠
更是我们祖宗的传统和家风的延续

去年，日渐衰老的父亲
身体渐渐地变得枯瘦如柴
那张瓜子形的脸庞，瘦弱变形
视力已经模糊不清

时光无言流转
当您刚跨进百岁的边缘
伟岸的身躯
瞬间，轰然倒地

父亲的生命，薄如那张病危通知书

让日夜陪守的儿女，心神不宁
在重症监护室的每个夜晚
您躺在病床上却无法安眠

多少个不眠的夜晚
我在床边轻轻地喊您
爸吃药了，一次次喊着
您，终于艰难地睁开了眼睛

您那找不到脉络的血管
使输液的双手成片的淤青
您说，当夜幕降临闭上眼睛
就会有寒光闪闪的刀锋顶着胸膛

每次为您稍微翻身
就会引发阵阵锥心痛骨难以忍受的呻吟
我小心地扶着您
触碰到的是我钻心的疼

我知道，病房的夜晚要开着灯
您才睡得安香
是亲情支撑着您战胜病魔的希望
让微弱的生命闯过黑夜朝着生命的轨迹奔去

站在一首诗里
把颜容憔悴的父亲相望
眼睁睁地望着您那瘦弱的身体

疼痛地听到从喉咙的闸门里发出的声音

您在病床上不停地咳嗽
总有一口痰堵在口腔通道，"不愿离去"
您的咳声震响了鼓楼的钟声
也震醒了黎明的曙光

一个顽强的人
一次次闯过激流险滩
您就这样轻易抵达生命的终点
父亲啊，您没有走远，依然像一尊雕塑

我多了一曲忧伤的思念

——致父亲仙逝七七之际

时光在旷野中回旋
来不及怀想，父亲已经走远
从端午到七七，四十九个日夜
仿若一瞬间的短暂

祭奠桌上，父亲的照片
静静地看着我
岁月的冰冷，心被剜得生疼
常常想起这些年阳光洒进老屋的片断

生命的极限坠入岁月的黑暗
端午那天可没有想过无法再喊"爸"的滋味
而今，墙上的父亲慈爱的笑容依然
忘不了最后一次抱您坐进轮椅的姿势

父子间肢体的接触
最亲昵的动作是生命终结的瞬间
您温暖的身体轻柔地靠在我的怀抱
我的手亲近地紧握您仍有余温的下颌

父亲，您沉默不言

是为了等待千百回在梦里相见
我轻声呼唤着您
泪珠悄然滴落眼帘

滑落的泪模糊了视线
我怕地下阴暗潮湿腐蚀您的尸骨
也怕那秋天绵绵的细雨
会淋透您的屋顶

绚烂的花朵绽放出的美丽
那是露珠为爷爷表达祭奠的一份心意
菊花寄托了思念的爱
从南高原的故乡蔓延到温哥华的基斯兰奴海滩

秋天在小河的对岸露出笑脸
正迈着轻盈的步履悄悄走来
当第一片叶子落下的时候
我会听见来自坟茔里穿过时空的声音

父亲是一片绵延不断丛林
用翠绿点缀山花烂漫的四季
云雾缭绕犹如仙境的狮子山
那片葱郁的松树与小草飞花满天

父爱是写不完的诗，如同自己
父亲带着不舍的依恋走向天边
您长眠了，可音容笑貌依旧浮现
从此后，我多了一曲忧伤的思念

寄往遥远的天堂

——致仙逝百日的父亲

圆了，中秋的月亮
缺了，瘦弱的父亲
思念您的泪水在哗哗流淌
我想写首诗寄往遥远的天堂

皎洁的月色与当年一样
天空还未暗下
月亮就爬上了山岗
遥望银河，心中充满无限的遐想

月亮在故乡的船城河里徜徉
如水的月光辉映着您走过的足迹
阴晴圆缺，演绎着流年的悲喜
今夕，您在璀璨的夜空眨着眼睛

粽叶在虚掩的门里飘香
端午的艾草仿佛还攥在您的手里
中秋夜，大地一片银光
儿女们又把香甜的月饼摆上

月夜轻轻写意祭奠的心境

我擦着双眼，轻轻地与您交谈
一首首为您而写的诗
一遍遍在寂静的夜晚深情播放

一对红蜡烛在夜幕的古井旁点亮
声声呼唤升上了天际又静静落下
纸钱一堆，炉香一把
燃烧的火光让爱在青烟中融化

孤独的醉影
在天上，在心里
我相信，在天涯与咫尺之间
有灵魂，也有影子

没有父亲的节日
我忧伤地望着无边的夜空
那个安静的地方
不知秋夜是否寒凉

在这个丹桂飘香的夜晚
我把思念做成一个圆圆的月亮
是谁悠长的琴声
拨动了内心最柔软的地方

一百个日夜，依然听到您
轻轻唤着我的乳名
泪眼蒙眬中

您的音容笑貌一次次在梦里出现

柔光斑驳着曾经的过往
您远去的背影悄然映在了纸上
我在银光下苦苦等待
等待那个穿越绝尘而来的身影

清冷的月光泻满院落
风吹过老屋的门窗
院子里飘荡着您种植的桂花馥郁的芳香
今夜，谁惹醉了嫦娥与十五的月亮

清明，穿越悠远的思念

——致天堂里的父亲

夜幕，吞噬了最后一束夕阳
推开窗，落叶在老屋的院落飘荡
西窗挂满晶莹的露珠，亦如眼角滑落的泪
清明的夜，多想揉碎四月的凄凉

我把脸贴近窗帘，凝视星空
天上有颗星星很亮，很亮
望着它，我的心中充满了无限的遐想
无眠的夜，想着父亲依稀的模样

父亲啊，您是幸福的
您走的时候，端午的烟火浸染在舌尖
除了咸蛋、大蒜、粽香弥漫
还有亲人都在您身边

父亲，今天是您走后的第一个清明
轻柔的柳枝在和煦的春风中曼舞
我听见奔跑的声音，是清明的雨
是望断天涯，泪眼两茫茫的哭泣

清明，是圣洁的，更是思念的

想起父亲，总会想到故乡的一座座山
翻过玉墟山，再转过几道弯
在狮子山的高处就能把您找到

四月，绽放在南高原的红杜鹃
是故乡清明睁开朦胧的眼
它的色彩涂抹了最悲的情
那思着的念啊！已开满了父亲的坟茔

时间的长河，在不停地流淌着
岁月已抹去了太多，太多
这一年，儿女们把您还给墙上的画像
这一年，您把爱融进我们的夜昼

父亲啊，您站着是风浪里的一根桅杆
是挂着家人在惊涛骇浪中前行的风帆
可一转身，只能看见墙上的那张照片
还有您用过的桌椅，被我们擦拭得一尘不染

父亲，我常常梦见您
您说在那边有很时冷，有时也挺孤单
是的，一直记得您最后靠在我怀里的模样
两眼浑浊暗淡无光，慢慢地，慢慢地合上

清明，穿越悠远的思念
父亲是我心中最柔软的情感
风吹进老屋，吹进我的骨髓
我还能仰望着您，哪怕在遥远的天边

有关您的记忆已成为最美的寄语

——致仙逝一周年的父亲

这一年，父亲睡成了一座伟岸的山
亦如狮子山，矗立在故乡葱郁的山峦
您的身躯与灵魂隐匿在这片深情的土地
我弯着腰向您鞠躬，对您祭拜

父亲静静地屹立在高处
我跪在坟前哭喊，没有应答
我再次把您哭喊
只有悠长的声音在山林中回旋

墓是衣冠冢，碑是墓志铭
墓碑镌刻着家族永恒的记忆
拜台旁，为您栽种的那棵松柏
陪着您度过了多少风风雨雨

菊花的馨香
是否拨撩了天堂的生息
沉睡一年的父亲
可曾听到一声声嘶哑的哭泣

端午，祭奠您的钱纸与冥币

在门前的古井旁燃烧
黄昏里闪亮着一炷香和一对蜡
撩拨起人与魂灵的无声交流

我的视线已无法隐藏
像洒落窗台的月光
把回家的路径照亮，父亲啊
您是否嗅到了祭奠桌上的水果馨香

翻开珍藏的相册
遥远的往事清晰再现
一年了，涛声依旧
转瞬间，却沧桑了曾经的容颜

若隐若现的身影在岁月中消亡
我反反复复地描述着父亲
每一次，只要我一动笔
有关您的记忆已成为最美的寄语

三百六十五个日夜
在离老屋很远很远的地方
您的深情搅动着心海的涟漪
您是否看见婀娜多姿的倩影捧着一束玫瑰

父亲如一座山，在我心中的分量
没有人能够看到山岗上的诗行
铺满在绿树成荫的狮子山上
无声的仰视，用我的深情来绕您五百年

拾起被风吹散的词语

——祭奠仙逝两周年的父亲

光阴走进渺茫的荒原，匆匆地
无情的岁月让父亲消失在天边
仰望遥远的星空
在我的视野里，您的音容笑貌依然清晰

一千多个日夜，写给父亲的诗
穿过岩石穿过河流，抵达天国
您站立的生命在时空里延续
每一次的感触，都来自生命的叹息

不可遗忘的往事
犹如银针穿进我的肉体
我将所有的往事收割一起，付给云烟
付给了乡愁，这四个湿漉漉的文字

一次次拖着沉沉的脚步
踏着逶迤盘亘的山路，归乡而去
走在青石板铺就的路径
我总能找到亲情脉络的痕迹

默默地，走着走着

自己就走到了一个甲子的边缘
在时光与时光的交点
岁月也会寒冷

撕下一张张日历
又到这个被思念粘连的节日
端午，让我的文字站立起来
排列成一行行跳跃祭奠父亲的诗句

夜，从四面八方围拢
火苗在老屋幽深的古井旁闪亮
一束微光从火的传说里跳出
星火把庭院的黑夜照亮

在粽香弥漫的古城与老屋
那个高大与瘦弱的影子
我一生追逐的人
我隐约还能听到风中和蔼可亲的声音

生命的聚散有它不解的含义
请不要将光阴永久隔离
请在儿时这片苍老的土地上
填补我流泪的记忆

写诗的这些年，只要我拾起
拾起被风吹散的词语
无论是白昼还是夜晚，我的笔
还替我紧紧拽着一些放心不下的东西

远方，隔着大洋

——致女儿露珠 21 岁生日

露珠，我把你的乳名
用作诗歌的副标题
在我生命中
你是我最大的慰藉

这一天，想为你写诗赞美
掏空我心怀蓄满秋思的诗句
用别样的方式爱你
哪怕仅有只言片语

你走在追梦的路上
就像走在我年轻的时候
径直走过夜色的街巷
把乡愁装进拉杆箱一起拖走

远方，隔着大洋
我的目光触及不到你的天涯
在搏击生命的战场
去实现人生的梦想

谁懂季节的心思

——写在 2017 女儿暑期返程之际

你返校的归期一天天逼近
我却一直迟迟不知从哪里落笔
告别的目光越来越远
我怕泪水会打湿衣襟

时光不经意地从身边划过
来不及说几句贴心的话语
匆匆返程的你行囊又背起
你独自站在出发的地方挥手示意

我微笑着送别你
看着日渐丰满的羽毛从蓝天飞起
把父爱的温暖打包捎上吧
带着梦想越过山峦与海洋

清风徐徐，抖落着秋天的情意
远去的背影，亦如归来时的美丽
在夜色深长的柔波里我把晨曦熬成暮色
只为等待你下一个归期

有时我叮咛不停

那是语重心长的话语
有时我也会沉默不语
也许这就是父爱的一种方式

你可看见，爱在梦的秋天里
我淡淡的笔墨为爱描出最浓的深情诗句
我的目光在你成长中闪烁着坚定的光芒

秋的季节，落叶的飞舞盘旋着漫天的酸楚
浪涛拍击堤岸的声响
安抚着长河的孤寂

谁懂季节的心思
谁能体味那诗意般的清凉
岁月在父亲身上留下的痕迹
是否都镌刻在你的记忆里

比时间还珍贵的诗行

——写在闺女暑期归来之际

我守望越洋的山峦
等待飞雁归来
在心灵放飞的地方
让梦轻轻把希望点亮

父爱的和弦
拨动在你人生的后花园
永恒的旋律从花海中飞出
把爱抒写成比时间还珍贵的诗行

为你远行
我准备了十八载的光阴
其实啊
幸福是爱的另一个名字

我微笑地看着你
花朵上的露珠如彩虹般绚烂美丽
在异国他乡攀岩的路上
跌宕起伏中你学会了坚强

在冰封的海岸线

你心中涌起淋漓酣畅的梦想
从基洛钠港湾到温哥华宽阔的海洋
远方的路总是那样漫长

哪怕海风掀起惊涛骇浪
你依旧朝着前行的方向
展开洁白的翅膀直冲云霄
让梦在绚烂的阳光中自由飞翔

恩格贝，暮色中的沙漠绿洲

——与女儿草原之旅作品一

背起青涩的行囊
沿走西口的方向
去鄂尔多斯恩格贝
在生命的绿洲来一次流浪

烈日下
微风送来一份清凉
走在童趣世界里
梦奔跑在追逐的路上

双脚放在多情的土地上
在梦想的沙漠绿洲
寻找梦幻般的彩虹
品一口飘香的奶茶

第一次露宿草原木屋
与夜空有一次奇遇
一丝蓝色亮光的天空
星星闪亮这样静美

沙漠中的恩格贝绿色苍苍

有一棵老树在风沙中矗立
依稀的踪影隐没在月色深处
一位世纪老人　远山正瑛
用那深情的目光
眺望自己不息的生命

夜　在梦的栅栏外
聆听内心世界复活的声音
暮色中的沙漠绿洲
诗情画意在地平线上流淌

躺在这迤逦的沙漠
眼睛仰望夜空沉醉的星星
把双脚放进冰凉的泉水中央
沉睡在用诗歌堆砌的木屋里

短暂停留遥远的异乡
草原上的南方姑娘
带着如水的情怀
趁着夜色把你藏在心上

舞步在弓弦的沙丘上

——与女儿草原之旅作品二

从大凉山走来
靠近库布齐
相望千百里
每一步都在缩短心与心的距离

趁着雨季去鄂尔多斯
穿越库布齐沙漠
舞步在弓弦的沙丘上
迎着风尘来一次沙漠冲浪

库布齐（蒙语意为"弓弦"）
中国第七大沙漠
迤逦东去的沙漠
宛如一束金形的弓弦

赤脚行走沙丘上
沙尘紧跟身后舞蹈
黄沙飞扬的沙漠
丫头的围巾在风中飘摇

八月　雨季不见了

烈日下的库布齐
大漠热情的太阳
把人烘烤得全身发烫

黄沙里的芦苇
历经烈日烘烤
面对沙尘风暴
傲然挺立不屈的脊梁

生命中最重要的事
是不低头的人生
感叹生命的顽强
追逐人生的精彩与别样

漠北那一道绝世的美景
黄昏被黑暗吞噬
只想拥抱生命中的每一缕晨光
奔跑在追梦的路上

赛汗塔拉

——与女儿草原之旅作品三

赛汗塔拉
牧羊姑娘的家园
内蒙古包头一张响亮的名片
美丽静谧的蓝天与绿色相恋

走向大自然赋予的神韵草原
朝着天籁之音响彻的蒙古包
靠近藏在城中的湿地毡房
仿若走进了遥远

一个影子在草尖上闪亮
女儿睁大眼睛张望
想取下成吉思汗留下的箭
把梦射向天边的大洋彼岸

站在草原
我却早已看见故乡的山峦
还有那个被呼唤的声音
喜欢初秋的模样与收获的笑脸

草原，我如约而至

——与女儿草原之旅作品之四

列车载着梦
一路驰骋，奔赴大草原
看一眼
草海深处牧羊人的炊烟

锡林郭勒盟
童话里的草原浓情
欲放的蓓蕾
阳光下静美

闺女跃上一匹白龙马
挥舞长鞭，划出一道人生的弧线

白云飘得那样缓
河流淌得这么慢
绵延的草原，宽广无边

这是西乌旗的牧场天地
蓝天与绿草相恋的世界
我看见了蒙古汗城，毡房，草地
听见了远方摇曳的风铃

第五辑 心灵深处隐藏的符号

微风伴随长调马背上的歌
悠扬的呼麦声在牧场里回荡

太阳，无垠的草原上升起
晨曦的露珠，滴落在了草原
青草，河流，白云
宛若一幅流动的水墨画卷

渐渐，星星亮了
心亮了，眼睛亮了
我的诗，也跟着亮起来

是谁，还伫立在送别的路口

——写在 2018 女儿暑期返程之际

才踏上这片热土又要远行
向着梦的方向
渴求拽住时光的尾翼
依偎在父亲的臂弯

您，仿若星辰中最闪亮的一颗
淌过一条条河，翻过一座座山
爱在记忆中疼痛
牵挂化成点点秋雨

岁月的霜雪，刻在了额头与眼角
眉宇间的叹息
笑容里的苦涩
潜藏在山峰的伟岸与大海的宽阔中

站在，挥别的地方
曾经挺直的脊梁
如同家乡历经沧桑的龙肘山
目光里若隐若现

如今，背影消失的诗意初秋

被时间遗忘的角落
泪水模糊了视线
是谁，还伫立在送别的路口

明月几时爬上柳梢

——写给远方的露珠

在月亮升起的地方
月城，云层密布
恬静的夜，或许没有月光
我，想象月上枝头的模样

一条溪流从眼里淌过
西河的涛声唱着欢乐的歌
睡熟的月亮，几时会在梦中醒来
看一看那轮明月如何爬上柳梢

皎洁的月光把大地照亮
把我的目光投进远方
我嗅到了彼岸的气息
伴着夜的浅凉，凝结成淡淡的忧伤

今夜，让我的思念
像加拿大比阿姆弗雷泽河静静流淌
即便只酝酿出半句诗行
爱，也会朝着太平洋的方向

梦的远方

——写在女儿大学毕业典礼之际

急促的轰鸣撕开夜的宁静
天空的星辰暗了又明
冷寂的月色笼罩着虚幻的梦影
月夜里轻轻写意孤寂的心境

梦中，飞过山峦与江河
穿越失眠的旅程
我的目光与思绪
朝着加拿大基洛纳海滩一路西去

因为疫情，我只能把温哥华 UBC 大学隔海相望
我的心海满是深秋落雨的惆怅
天边染红的晚霞
莫不是你毕业时羞红的笑脸

是的，曾经你乘风破浪远渡重洋
展开翅膀，朝着大洋彼岸飞翔
追逐心中的梦想
点燃人生的青春之光

背影远去，远方眼已朦胧

滴落的泪水打湿衣襟
时光怎能带走所有的思念
风霜雪雨也冲淡不了记忆的痕迹

在光阴流逝的路口
凝视你放飞梦想的远方
轻轻呼唤你的乳名
把牵挂藏在任何人也无法触碰到的距离

孩子，你是我生命中的惦念
在二十三个成长的岁月里
无论你飞得有多高，行走有多远
都是我眺望的远端

任何时候，只要我抬起头
就能望见草木润泽的书香校园
晶莹剔透的露珠在花蕊上驻足
在光闪的叶片上滑行成多彩的画面

走过五年的风雨
一池斑斓的梦，长出翱翔的翅膀
伸手，拽住一缕晨光
生命里荡漾着璀璨如虹的希望

谁在缱绻的梦里

岁月的转角遇见你
五百年的一次回眸
如果人生擦肩而过
红尘便不存在乐音的颤动

缱绻的梦境中你来了又走
情感交融里跌宕起伏
若没有曾经的挥手别离
我会牵着你走到生命尽头

茫茫人海熟悉的身影
幻化成心里冰冷的疼痛
那些逝去的往事逐渐清晰
独自欣赏最后的曲终人散

沉醉伤痕累累的夜幕中
泪水流淌心头
霜冷风寒秋色已晚
恍若一缕尘烟

我的感受与月色相同

随同西天的霞彩滑落山头
找寻失落的梦
生命在纯美的地方延续

你是海潮中的一束涟漪

——致我的知青大姐

在时光的地图上，多少次
你曾寻找无声流过的那个村庄
一个叫繁荣三队的山坳
那里的田野结满了泥土的芳香

你说，每当想起那个火红的年代
激情燃烧的青春依旧在梦中回想
山坡上的土墙房
依然呈现出永不消失的模样

你是八千万知识青年中的一员
你是海潮中的一束涟漪
十七八的你接到一纸命令
成为一名有知识的特殊女兵

红旗飘飘锣鼓震天
豪情万丈奔赴远方
奔向农村，走进边疆
把青春和热血洒遍祖国的每一寸土地

你和扎着长辫的伙伴

站在海潮公社的台阶上
握紧了拳头
誓言要在农村建设好山乡

忘不了梯田里饱满的庄稼
黄色的油菜花铺满了山下
春耕了，你把金色的种子
满满的希望种植在春天的田埂上

夏夜的山村静悄悄
月牙儿爬进透风的门窗
枕边成群的蚊子嗡嗡叫
惊醒了睡梦人的安详

大队高音喇叭广播鸣响
今晚公社有电影《半夜鸡叫》
一群背影就像脱缰的野马开始狂奔
知青和村民在夜色中聚拢

皎洁的月光下老汉们的烟枪吐着云雾
仿若一缕缕缭绕的炊烟弥漫着打谷场
那个戴瓜皮帽拿烟枪的人
都说他像电影里的"周扒皮"

怀念过去，怀念没有电灯的日子
还有烛光里的身影
月光下，那一串串银铃般的声音

和那一张张稚嫩的笑脸

离乡越久，乡愁像荒草蔓延
心底那一抹永恒的青涩回忆
似一张张珍藏的照片
安然躲在沉醉的梦里

脚印深嵌在偏僻山乡
青葱的岁月，模糊的记忆
在遗落的路上
有一个声音依旧在山谷回荡

在黎明的月光下

——写在姐夫头七之日

三月的最后一天
锥心的疼痛折磨你度日如年
四月的风把你吹得好远
微弱的声音依旧在天空回旋

血浓于水是永远割不断的线
为给女儿留点上学钱
你放弃重症治疗的最后期限
你说快要解脱了别花冤枉钱

鲜血从口中喷出的瞬间
你慢慢闭上双眼
跨过禁忌的门槛
你走得如此尊严

爸爸，你在哪里
我为何什么也看不见
一双小手紧握渐渐冰凉的大手
心底的泪模糊了视线

谁能预料天崩地裂的伤痛何时袭来

谁能知晓何处是生命的终点
谁也无法阻挡死神的脚步
让活着的人健康地走到生命的那一天

四月最早的云烟
天空被孤独的色彩嵌满
落下的不是雨水
而是亲人为你准备的眼泪

在一盏摇晃的油灯边
女儿跪在父亲的遗像前
把所有语言捆绑在香蜡里
飘成丝丝青烟

无声的世界
星火点点，纸钱飞旋
把爱镌刻在纸钱上撕下焚烧
化作灵动的音符飘向天边

清明前星光灿烂的夜晚
你独自行进在铺满鲜花的路上
我们拽着圆月
邀约满天的星星陪你一路远行

踏着一缕清浅的月光
拾起四月祭奠的诗行
拾级而上时眼泪悄悄挂在亲人的眼眶

一行人送别你到一扇玻璃门前

谁换了一个姿势趴在窗沿
泪水迷蒙了双眼
灵柩中的你睡得那样安详
你的音容已缥缈如烟

黎明的月光下
你远在天堂的那一边
是否听见哀思中的心语
亲人吟着诗触动你最柔软的心弦

生命的涟漪

——致兄长五十九岁生日

秋天，波光粼粼的船城河泛起涟漪
秋阳闪耀洒落在你的衣襟
岁月划过指尖，漫过记忆
不小心，一束火苗跌进你的眼睛

如烟的往事
在记忆的脑海中盘旋
在前行的路上
寻觅不到年少的痕迹

在沙沙的落叶声中
我在远方听到你的足音
一路走来，走过风霜与雪雨
走进一个甲子的年轮

来吧，拥抱第二个精彩的春天
杯盏里盛满了曼妙的风景
在暮色的霞光中
捧一杯茶，静静地在诗歌里老去

五十九载如流星划过

兄长是否听见时间的回声
今夜，月色撩人唯美深情
在秋日的私语中，烛光为你燃起

你像百合悄然绽放

——致胞妹五十八岁生日

大地露出春月的酒窝
是流淌的时光里最美的风景
我在二月的长河边远望
回眸，还没有来的时光

想起故乡，就想起胞妹
想起你，就会想到一个忙碌的身影
朦胧的风雨中，又见你
骑着老式自行车在古城的街道小巷穿梭而行

晨钟暮鼓里，踏着青石板的路径
阳光裂解成碎片
脚步的节奏充斥着爆破力
惊鸿一瞥的背影会在下一个转角消失

迎春花，在你的生命中
已开过五十八次
每一次透过花瓣，我都会看见
看见一个变老的故乡和弯曲的倒影

总是听见你的脚步从岁月深处启程

扛着厚重的云朵一路前行
只有时远时近的虫鸣鸟叫声才给予安慰
漩涡风卷起，无处置放的心怎能停止

这些年，你替家人考虑太多
将微弱的温暖悉数传递
卸下吧，尘世中的烦恼
把如烟的往事与莫名的烦恼锁进抽屉

曾记否，从呱呱坠地到两鬓染霜
岁月的行囊里装满了酸甜苦辣
那些迷离的过往纠缠着你的记忆
不经意，人生正向暮年走去

踏着岁月的清丽
感叹时光转瞬即逝
那些浸透在血液里的情意
深深镌刻在灵魂里

夜色，晕染了我的眼
依稀看见你枕着黑夜，疲倦地睡去
在我依稀的梦里
隐藏着多少不再年轻也未老去的故事

那经历风霜雪雨的旅途
是流淌在生命长河里的风景
杯盏里盛满的都是曼妙的光阴

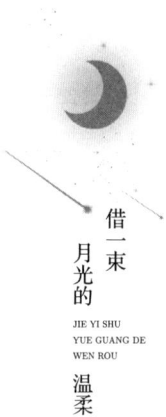

在时光里串连起人生的珠链

等一缕轻风，温柔地从故乡古城吹起
等那些落在光阴里的花瓣，透着馨香
将丝丝春雨，安然放入二月的红泥
孕育着绵绵的亲情

五十八载铅华的光影
在华美乐章的诗篇里写意
无论是清晨的阳光，还是黄昏的晚霞
人生的每一站，都该成为世间最撩人的风景

等你优雅的那个转身

——致侄女孙丽娟侄女婿李方成新婚庆典

从天府之国到江南水乡
从笔架山到龙肘山
沿这条蜿蜒的山路行走
从寒冷的冬季走进春暖花开

你们走向衢州，走到会理
走向彼此的故乡，走进两座千年的古城

你说走过了许多地方
却没有找到可以停歇的港湾
你说她像太平洋的珊瑚礁
在地图上找不到我的位置

你说她像天山上的雪莲
在百度里寻不到一丝踪迹
你还说她像大凉山深处的南红玛瑙
甜美地静卧在那片没有开垦的处女地上

是啊，你们彼此等待了十二年
柏拉图式的爱情转眼就是一个年轮
你在相约的那个梧桐树下苦苦地等待

傻傻地等她，等她那个优雅的转身

其实从东到西只隔着一个指头的距离
迎亲的礼炮轰鸣把沉睡的山村震醒
笔架山下，红红的灯笼高高地挂起
早春二月，你含笑穿上了中国式的红衣

笔架山下，江南衢州的美男
缊藏翰墨书香的气息
多么浪漫的一幅诗情画意

红双喜贴出人生的誓言
红蜡烛摇曳出爱的笑脸
这一刻紧扣彼此的手
没有了犹豫也不再别离

你们在爱的航船里搀扶着彼此
陪着未来的时光慢慢地老去

今夜柔软的月光

——致五十七岁的自己

时光之手，摇起缕缕乡愁
岁月不断向我笔直行走的身躯靠近
也向母亲的身体与天堂的父亲
种植像星辰般难以计数的思念

像动车，在急速奔赴甲子的路上
除了含有稠密的蜂糖
还有一颗颗杏梅
组成了人生的味道

这一年，亦如暮晚悄悄降临
我陡峭的心，与夜色相遇
月光下，依稀看到自己疲惫的身影
数不清那些遗落在铁道上的脚印

朝霞和落日
逐渐走进我燃烧的身体
春秋冬夏无声地从发梢穿过
容颜是否会绚烂成春花的模样

我的白发和雪一道，高过山岗

每一根鬓发，印满旅途的雪雨风霜
每一根发丝，长满光阴的沧桑
头顶的月光，瞬间浸透了二月的花香

大地露出色彩斑斓的模样
是生命中流淌的最美风景
我在初春的长河边远望
越过山峦的第一缕晨曦

一阵风声宛如铃铛
静静地挂在日暮的屋檐
今夜，柔软的月光
辉映在孤寂的年轮上

自画肖像

——致五十八岁的自己

站在 2021 年春的前沿
从夜色泼墨到晨曦初露
过了这个冬天
人生就接近暮年

走不出故乡，也走不出老屋
忘不了同窗与战友，放不下的是亲人
无论自己走了多久，离得再远
心中依然装满着远方，装满了思念

童年，在挥舞陀螺的鞭下旋转
在推着铁环奔跑的路上
在玩伴口哨的集结声中，一次次
在翻越围墙仓皇逃窜的惊吓里

时光的影子镌刻着尘封的记忆
年少时的顽皮历经过五次惊险而后怕的生死
十八岁参军奔赴云南边疆
手握一杆钢枪，巡逻守卫在祖国的中缅边防线上

脱下军装又穿上了警服

从司法警察到公安民警
每一次华丽的转身
都把人民的利益举过头顶

这些年，颈椎和腰部多处关节轮换着痛
岁月不断地向身体里种植难以计数的针刺
锥心的疼汇集一起
暗夜，汗水泪水弄湿了枕头

这一年，走进饱经沧桑的自己
像沉醉静卧在船城河畔
平静清澈的河水
谁都能一眼把我看穿

我的鬓发和雪一道高出故乡的那道山梁
玉墟山上，那飘落的雪花宛如情人的一场告白
想借助片片飞雪倾诉藏满肺腑的心语
远方，总有一个人是我生命中最放不下的牵挂

任岁月流转多少过往的滚烫

——致五十九岁的自己

走过五十九载的历程
已触摸到一个甲子的温度
向着人生中最美妙的时刻走去
走进人生的又一个港湾

生命的风帆在这儿停泊
又将在这儿重新鸣笛启航
我的黄昏是寂色的风景
霞光满地，这是人生的第二个春天

远远地看见
太阳的光芒穿透乌云
夕阳余晖
映照着五十九岁的年华

云卷云舒，是一份情感路过的身影
一路上，看不清红尘中镜花水月的缥缈
潮起潮落，是一股激情流过的光阴
岁月中，悟不透时光里千帆过尽的凄凉

我用五十九载的眼神

第五辑　心灵深处隐藏的符号

回眸人生那条艰辛的来时路
再过五百年，我依然用诗意的激情
将灵魂的篝火点燃

在这片纯净的精神花园
燃烧我万丈豪情的余生
在一盏盏摇曳的灯光里
我看见一片片雪花，飘落了流年

韶华的叶子是绿色的
而我的鬓发却并非如此
青春的焰火，闪烁着映入落日的眼底
我那玫瑰色的梦不会在诗的王国里搁浅

年华的风霜不知不觉已把四季写成了悲凉
把来时之路涂成了血色残阳，这些年
孤独已成为习惯，冷屋里
我看到暮色笼罩下来，像一张网

把时光嚼碎，驮着夕阳褪去的苍凉
任岁月流转多少过往的滚烫
闻过花落的最后一片暗香
才尝尽酸甜苦辣的人生之路会有多漫长

夜色阑珊，借一束月光的温柔
捧出一束灼热的火焰
独自在季节的路口优雅转身
踏着月色的脚步，追寻繁星点点

五十九载生命的归期
是人生历经最美的印记
握一份情丰盈成一片暖意
把天涯咫尺的念，放在懂的心上

我寻觅的眼与您深情对视
用斑斓的梦感悟岁月留下的美丽
请将我的灵魂交给一首诗吧
把所有的爱，都写进沉醉的诗行

　　当警察后的第一个愿望，就是快点穿上警服。那时候，一身橄榄绿，帽子上警徽闪光，肩牌警衔闪光。警服，对于警察来说有着特殊意义。她是标志，她是荣耀，更饱含着人们的期待。

　　风雨兼程，岁月风霜，曾经的年轻民警也慢慢变成了老警。想起刚刚穿上警服的稚嫩与英气，看看这些年与时代同行、一路战歌慷慨前行。

——题记

第五辑　心灵深处隐藏的符号

我心里那一团燃烧的蓝色火焰

——致六十岁的自己

我曾在梦中把你呼唤
云端上那一抹迷人的藏青蓝
你是我岁月里追赶的彩虹
你是我秉灯夜读渴求的警魂年华

回望刀光剑影的足迹
如烟的往事在记忆的脑海中盘旋
曾经，与战友们穿越黑洞般的疑云迷雾
奔赴山寨丛林缉凶，出击在车站和列车上

曾经，梦中被追赶至悬崖边
坠入虚幻的深渊仅存呼吸
一位枕戈待旦热血如铁的男儿呀
用爱谱写出一曲曲生命的华章

我们的血脉里流淌着炽热的忠诚
我们的生命中跌宕着激情的浪花
我要把金秋最饱满的诗行呈上
献给与我同行的每一位中国警察

面对一个甲子的光荣历程

数着逝去的青春年华
我不知道该怎样表达
在告别警营时述说深藏已久的心里话

穿越几多风霜雨雪
三十几度春秋铭刻下从警的印迹
退休的命令正越过群山隧道奔跑在钢铁银河上
像一缕必然降临在南高原的晚霞

身披那抹靓丽的藏青蓝
还有那从未过佩戴过的一排排金色奖章
我把九个三等功挂在寂然无语的警服胸前
向警营告别的我，闪亮登场

就这样，站在挥别的舞台
眼里闪动着苦涩而晶莹的泪光
身披绶带手捧熠熠生辉的退休纪念章
旗帜下，接受最隆重的致敬

仰望警旗，摘下闪亮的警徽与银色的警号
我把戎装穿在心上，夕阳下
我要把最美的诗献给驻守在大凉山北端的自己
献给从警一生的成昆铁道卫士

月色皎皎，倦鸟归巢
刚转身，就嗅到了人生的暮晚
我并没有走出多远

就听到了雪落的声响

夜空下，远行的路被警徽照亮
沿着冰冷的铁轨继续笔直向前
永远保存着钢铁淬火后不变的温度
永不熄灭的是我心里那一团燃烧的蓝色火焰

在夕阳里为自己别上金黄色的勋章

——致告别警营的自己和战友们

月光下，寂静漫过无眠的夜晚
我手持星光，带着风雨雷电
在岁月的前端，从夜色中走来
朝着黎明，追逐晨曦的太阳

当梦想的光芒在钢铁银河上划过时
黑暗就像隧道被撕开了一道口子
呈现眼帘的是一条——
把生命溶入殷殷血液的从警之路

我听见时光隧道里发出回鸣的足音
这足音，是长在心田里的良知和扬在脸颊上的自信
是刻在生命里永不言弃的坚韧与百折不挠的刚毅
这足音，是生命和灵魂，脉搏和骨骼里的呐喊

当罪恶伺机而袭时
胸前是枪口，背后是尖刀的危急时刻
住手！浩然正气的吼声像离弦的弓箭
划破天边，射向黑暗

身上染红的色彩是赤诚的热血

凝结成一枚枚闪耀的荣誉勋章
有多少刀光剑影的故事
在回首凝望中揉进了莹莹的泪光

酸甜苦辣，写满激情澎湃的诗篇
胸中依旧喷射出蓝色的火焰
情和景的交触奏出生命的乐章
在一片文字中表达着欣喜托起向往

选择了从警，就选择了忠诚与奉献
选择了无悔，就选择了使命和担当
只要警铃响起，手握利剑奔赴未知的战场
头顶的警徽在黑夜中闪烁出耀眼的金光

坚实的脚步不停地从成昆铁道，从大凉山深处启程
这些年，总是听见冲锋的号角一路呼啸着
闪耀的警徽与青春的火焰
把前行之路照亮

如今，我已把每天的脚步放得很轻
小心翼翼，我无心靠近的六十岁啊
还有多少时光，还能坚守一线
执勤、安保、出警、巡逻，在无悔的荣光路上

我早已紧紧把警察二字攥在手中，藏在心里
所有的不舍，烙在灵魂深处
在梦中，醉夜里

反复地燃烧，忘记了苏醒

"光阴似箭""白驹过隙"……
时光除了有速度
时光，也有重量
一分又一分，一天又一天

每一个片段都是我的一枚脚印
每一个片段都像我的一片落叶
退休"倒计时"像一根拧满弦的箭
掰着手指数着光阴带着不舍和眷恋，迈向警察职业的终点

穿上警服，就扛起了责任与担当
脱下戎装，悄然把忠诚装在心上
卸甲归田，我会永远记得曾是一名公安民警
把美好的回忆和警察职业矢志不渝地眷恋珍藏

中国人民警察，成昆铁道卫士
每个字都与呼吸和心跳同频共振
经过七月的洗礼和十月的欢呼
我把拳头攥得更紧

三十多年过去了
石头的棱角早已被急流磨平
我逆流而上的勇气一直没变
追寻远方的初心，永远也不会改变

我用文字记录生命中的那些点点滴滴
将值得留恋的瞬间变为永不消逝的符号
我把苦乐年华的故事写成一首歌
在心灵深处，独自吟唱

在渐渐老去的人生中拽紧岁月的衣角
捡一朵云彩别在黄昏后
沿着心的方向活成喜欢的模样
在夕阳里为自己别上金黄色的勋章

跋

在月色里相遇

　　我一生中的好时光，几乎都与文学、音乐相伴。诗歌的创作抚慰、滋养、照耀了我的生命。在那个精神的世界里，阳光和雨水都很充沛，月色与星光分外撩人。时至今日，这个文字里的世界依旧吸引着我，伴随着我，而现实世界的诸多烦恼和缠绕，竟被那个世界的能量逐渐简化、过滤甚至消解了——

　　诗人艾青说过："最伟大的诗人，永远是他所生活的时代的最真实的代言人。"

　　诗人的根生在地下，却也长在天上。

　　《借一束月光的温柔》是我的第二本诗集，也是我的第三部文学作品。历时五年，我用真挚的情感创作出了这部饱含情愫的诗歌集。这些作品除了蕴含着对伟大的党、伟大的祖国、军旅生涯、警察职业的热爱和颂扬，还充满着浓郁的乡情、亲情以及乡风民情，闪动着对爱情渴望的旋律，对校园同窗的久远怀念。

　　人生是由一件件往事堆垒起来，正是这一桩桩塑造了人的品格，影响着人的灵魂，铺展开了人的命运。

　　这部诗选集共五辑。第一辑《在这片深情的土地上》由 36 首诗歌组成。2021 年为庆祝建党 100 周年华诞创作了《中国脊梁》《中国共产党的旗帜》《一群戴党徽的人》，为第一个中国人民警察节日创作了《我们以生命中最优雅的姿势》，为习近平总书记为中国人民警察队伍亲自授旗并发表重要训词创作了《仰望警旗》。

"我的姓氏叫炎黄，我的基因是中华，一个历经无数磨难的民族，在血色的漩涡中筑成一道挺直的脊梁……"（《中国脊梁》节选）

我写警察和警察生活的警察诗歌洋溢着热血和激情，充满了忠诚和英雄情结，充满了理想、正义、明亮的色调，这些警察诗歌，会让读者的精神为之一振，也无时无刻不在警醒自己要对国徽、肩章、藏青蓝交出全部的忠诚。

第二辑《藏青蓝的背影》，以48首饱含激情的诗歌，热情讴歌了铁路公安具有代表性的英雄模范、先进人物，颂扬了公安民警敢于担当、勇于牺牲的奉献精神。这一年，我共创作68首不同风格的诗歌，其中：以《云端上的那一抹藏青蓝》《以一个姓名命名的工作室》《这个颜色的灵魂从不会改变》为代表抒写公安英模、时代楷模的有20首警营诗歌。

2021年1月，因警务机制改革，我从机关来到基层。经过一个月的工作与生活，为甘洛站派出所的战友们创作出《云端上的那一抹藏青蓝》："甘洛，一个四等小站挂在半山峭壁上，每天停靠的列车把山里山外串联成一条线，九十七级台阶承载着铁路警察的感慨，每天四个来回往返候车室与站台之间。打开门，走进去，把危难挡在身后，打开门，走下去，把安宁祥和牢牢筑起，我的诗行是岁月高高举起的手臂，一群藏青蓝的身影奔跑在时代的路上。"

我与所有的公安作家们所从事的公安文学创作，都是为了写出警察的真实处境，从而让人们知晓警察，并进一步理解警察、尊敬警察，甚而崇拜警察。

在这个世界上不知有多少人，不知道我们警察的苦，不知道我们警察承受的工作和生活压力，不知道被威严光芒笼罩下背后承载的辛酸。从战友们的身上，我看到了他们为曾经的选择，默默承受工作、生活带来的种种压力与挑战；在成为守得住清贫、耐得住寂寞的人时，我也认识了自己、认识了警察、认识了铁路警察这份工作，认识了藏青蓝带给我们的真正含义。

写作，是对忘却的一种抵抗。只有珍惜往事的作家，才可能拥有真正的生活与真正的写作。往事，是唤醒文学记忆的温床。往事，是凝结情感的容器。

从童年、少年、青年、中年乃至老年，每天每月每年的生活经历都成为写作者的生活积累，从而转化为写作者的写作资源。

诗歌不是写出来的，而是被诗人发现的。诗歌关键在于发现，你写或不写，它就在那里。

第三辑《乡愁，疼痛地挂在光影上》由 41 首诗组成。我的诗意在故乡的大地上蔓延。"年味溢满大街小巷，腊月里蔓延着火辣的馨香，耀眼的大红灯笼高高挂，家园醉了，古城醉得昼夜通红。礼花的柔光照亮了黎明，也照亮了避风的港湾与游子远行的线，更岁的钟声敲响了春的脚步，乡愁，疼痛地挂在年轮的光影上。"

诗意是诗歌的骨髓，没有诗意，诗歌就失去了造血功能，难以存活。诗就是我们的生活，我们就是诗。这中间仅仅隔了一个"意"字。要寻找诗意，得用心领悟。比如当我们看到一枚落叶的时候，就要想到树木也感觉到冷了；当我们看到夕阳的时候，就会想到它着火啦；当我们看到一杯水的时候，就要想到它说不定是大海呢。

419

文友们说我的诗歌唯美，浪漫，叙事韵味很强，有音乐的节律美。这是由于我善于从现实生活的细节中提炼诗意，并通过不同的修辞手法，在诗意的空间融入自己的情感。经过时间的磨炼和沉淀，从这些朴素的意象和事物中挖掘出更深层的意义，赋予诗歌更深刻的内涵。

"诗，必须有浓烈的感情；没有浓烈的感情，便没有诗"。对同窗情、战友情至真至纯至美；像淡淡的茶，又似浓浓的酒；超然对世俗，淡泊名利。

"想象，相聚时你喊我的毅然，你抿着淡紫色的嘴唇露出微笑，把你的名字凝结在梦里，让冰封裸露的往事放归从前。满头白发的你，容颜渐渐改变，那些朦胧幽静的校园场景无法退幕，当你转身的时候，我会把珍藏的月亮分你一半。"（《把我珍藏的月亮分你一半》节选）

谁都知道写作应当拥有深厚的生活积累，也就是很多往事，因为写作本身就是对往事的咀嚼与回望，就是对人生的反思与痛惜。一个没有往事的人，很可能难以成为一个真正的作家。一个不珍惜往事的人，很可能缺乏心灵生活，很可能不是一个深情的人。

英国著名浪漫主义诗人雪莱言："诗歌是最幸福和最美好的灵魂，写下最幸福和最美好的时光的记录。"

我已行进在一个甲子的边缘，人生登上了黄昏的航船。影子印在了风帆上，我情感的空间储满了太多的悲欢，任凭岁月无情地划伤容颜。月光下，寂静漫过失落的夜晚，我手持闪电，发出带着风、雨、雷、电的一束光从夜色中走来。当一束闪电在大地上划过之后，黑暗就被撕开了一道口子，那就是——

第四辑《走过薄雾的轻纱》，30首诗歌穿过风尘的岁月，披着夜色的轻纱，在黎明前悄悄地走来……

"总有一场雪是为寻觅的人而来，红尘中的那个人不会辜负痴迷的等待，雪花飘，飘落了守望的情缘，在角落里找到一片冰美的雪花……"（《在角落里找到一片冰美的雪花》节选）

"天上的月，演绎着阴晴圆缺，心里的月，照亮不了梦中的秋意。那个雨夜，我开始喊你，含着泪，清脆的声音越来越沙哑，我想成为追风的人，赶着羊群长鞭朝空中一甩，甩出彩虹，甩出绵长的思念……"（《可可托海美丽的相遇》节选）

"寒风不曾停息，苍茫的雪花中却找不到你半点足迹，我念你的时候，却遇见了漫天飞雪……"（《青涩的记忆》节选）

"每一次，当你转身的刹那，心，总是那样的痛，回眸远望，背影消失在暮色的路上……"（《我以为忘记了》节选）

这些美好清新的诗句在繁华闹市里抚慰着我们的繁忙的内心，好像静下来喝了一口清茶，或者，像一个恋爱中的情侣在你的耳边呢喃。这里描绘了爱的渴望，隐忍的情感，欲罢不能的纠结，留不住的过往，莫名的忧伤……

每个人呈现生活的方式各不相同，诗人，只愿以诗邂逅世间的美丽，将那些撩动心弦的时光片段，捣碎，研磨，成行，成形，散发清香。

第五辑《心灵深处隐藏的符号》38首里，有17首是为父母而写的。您陪我们长大，我们陪您一起慢慢变老。父母在，我们的天空依旧完整；孩子幸福快乐，是父母任何时候唯一的需求。这就是我们这一代人对父母深厚真挚的情感写照。

正如文友所说："诗中细腻而有立体感的场景细节会让我在反复阅读中，刚平复的心又起波澜。"其实，我也和每一位读者一样，在创作和反复打磨时，泪已经湿润被风吹干了的脸颊。

诗歌文本的厚重并不体现在华词丽藻上，而是体现在对生活细微的观察与思考上。曾经一些生活的细节，被我走马观花地错过或忽略，但又被拾起，精雕细琢终成好诗，让读者在第一眼就被吸引。

这是写给母亲《康乃馨，温柔着五月》的节选："每到冬季，寒冷使你的手指开裂流血，静脉曲张将两只小腿血管发胀得像蚯蚓。我知道，自己的青丝遮不住您的白发，可我想无限期紧握像柳枝一样的手。每次临行前，我分明感到，身后，汹涌着澎湃的暖流，不敢回头呀，我怕，决堤的不仅仅是家乡的船城河。"

这是为父亲九十寿辰而作《背过我的身影在时光中苍老》的节选："童年，我骑在您的脖子上走进学堂，拽着您的手，去追赶梦中的月亮。今夕，我推着轮椅上的您，穿越古城，漫步在南高原的脊梁上。谁用心揉碎冬夜的凄凉，吞没仅有的光亮，您坐在'木凳'上敲打黎明，静坐冥想，多少往事值得流芳……"

这是仅此一首为父母共同而作的诗歌《在夕阳的路上》节选："面容憔悴的父亲常常靠在座椅上，嘴巴微微张开又把话咽下，我握着父亲枯瘦的手，如一片雪花那样轻飘。故乡苍老了双亲的容颜，我却加厚加宽了对您的思念，我不知道还能拥有父母多少年，还有多少时光可以忧伤还能感叹。父亲额头上的颗颗汗珠，从稀疏的头发缝中渗出，迟缓地挪动着脚步，晃动的腿把疲倦的身体移出门槛。在送别的老屋门前，父母的眼里浸入酸咸的泪花，心中也托着遥遥无期的牵挂，我哽咽地叫了一声爸、妈，你们回去吧……"

我的情感，就像一条汩汩流淌的小河，慢慢地在心坎里漫延，心，早已是决堤的海……我不知道，还能拥有父母多少年，心中这份如火焰一样炽热的情感，还有什么能割舍对"如山的厚爱、如水的母爱"的感恩和感激，此生还能拿什么回报父母亲的恩情。

如今，父亲已经走了近两年，父亲已睡成了一座伟岸的山。

是什么触动隐隐作痛的胸口，我曾这样问自己：是那片波涛汹涌的激情，已渐渐隐退在日渐消瘦的夕阳里；是那棵枝繁叶茂的树，已蜷缩在寒冬的夜里；是那巍峨挺拔如山一样厚重的脊梁，被无情的岁月一点点地吞噬……

苏联诗人列夫·托尔斯泰曾说过"写了你的故乡就写了世界"。

每一个成熟的诗人，都离不开故乡那片土壤。有人说诗人的天职就是返乡，在诗人的心目中，故乡才是灵魂的居所。只有在那片土壤之上，诗人才能自由地呼吸，并且深深地爱着自己脚下的这片土地。

一个真正的诗人是要耐得住寂寞，要有主动孤独的想法。我一直觉得潜心阅读和写作是同样重要。我关心的是要把诗写得冷静，回到内心，把诗写得凝练，回到诗的本质，把诗写得实在，让诗回到良心。

生活中需要有奇迹，需要有诗意，保持自己对事物的警觉、敏锐，是一个成熟作家的重要标志。

写作仅仅有灵感是不够的，它需要扎实的生活，需要积淀，需要内省，需要对生活独到的认识和特别的体验。素手写作，深入阅读，沉浸在文字的芳华里能感到自己精神的芬芳。记忆里，那些落雪盈尺的冬夜，光着脊梁让电风扇整夜摇着头的酷夏，春天面窗写作时，心静得似乎都能听到花蕾在春夜里爆炸的声音。那是我生命里一段美好的时光，人生单纯、明亮、坚韧，充满了理想和追求。

生活因文学而变得不同。日子过得孤独、平静，却充实。一路写来，从1989年发表第一篇作品至今，已经30个年头了，再回头看时，叫人不无感慨，时间如故，岁月流金。唯一不加渲染的，只剩下霜染的两鬓和一身的正气。

写作并不是人生最要紧的事。回望方知行渐远。我很珍惜自己目前这种写作激情和对文学平和的心态。现在最重要的是努力地写好我的每一首诗、每一篇文学作品。

人生无需惊天动地，只需用心去做好每一件事，用自己手中的笔书写心中的意境，执着地去从事自己热爱的音乐艺术与文学创作。

借此机会，我首先感谢为本书作序的西昌铁路公安处党委书记、处长胡然同志！感谢为本书作后记的西昌铁路公安处党委副书记、政委何胜同志！感谢为本书审定、校对、编辑和出版付出辛劳的宣传教育室、装财室的同志们！感谢为本书策划，以热心相助的姿态、主动服务的甘洛站派出所的战友兄弟们！感谢这些年所有支持、鼓励、帮助我的西铁公安战友们！是大家尽心尽力为我的诗集出版付出努力，我的梦才能够得以实现。我的血液里满含大地上的雨滴。战友和事业是我生命中永远的太阳。

诗歌是我生命的海，面向她，我能耸立成沉默的礁岩，亦可奔腾成欢乐的浪花。

行走在诗歌春天里的公安诗人

◎ 何　胜

　　我欣喜地看到，一颗诗界的新星正冉冉升起。郑义伟——这位有实力的警营诗人，以他独特的视角，唯美的意境，动人的字句，激荡着读者的诗心。

　　诗选集《借一束月光的温柔》是郑义伟继诗选集《踏着月色的脚步》后的第二本诗集，这的确是一件值得庆贺的事情。这部诗集共选收诗人近几年来的193首诗歌作品。读他发来的诗集电子文档，在诗行中勘探他的生活轨迹与心路历程，领略他的感触情怀与审美情愫，步入他以诗句构建的精神世界，我不禁深受感动，自内心引发共鸣。

　　郑义伟作为一位肩负着铁道卫士重任的民警，他在自己的岗位上兢兢业业，且又酷爱音乐与文学，长期坚持业余文艺创作，收获颇丰，成果喜人，这就足以令我们刮目相看，敬佩之情油然而生。

　　郑义伟以诗歌作为载体，记录自己的生活际遇与心路历程。从故乡的小城到茂密的深林，从巍峨的大凉山巅到奔腾的金沙江畔，从繁华的现代都市到边远的彝族山寨，一路行来，郑义伟遍览云贵高原秀美而壮丽的风光；从意气风发的少年，到边疆军营的战士，到成昆铁道线上的民警，一路行来，郑义伟的人生阅历可谓丰富多彩。在风雨雷电中炼就钢筋铁骨而又不失似水柔情，在如火如荼的生活中激流勇进而又不失淡泊优雅的心境，这种交融与和谐实属难得。

纵观郑义伟的诗歌创作，正是言为心声，有感而作，具有充实的思想内容、积极的社会意义和健康的生活情趣，无矫揉造作之态，非无病之呻吟，表达的是自己对理想的追求、对生活的认识、对事业的忠诚、对和谐自然与社会的向往，弘扬主旋律，闪耀着正能量的光辉。

郑义伟的诗歌唯美，浪漫，韵味很强，有音乐的节律美。他善于从现实生活的细节中提炼诗意，并通过不同的修辞手法，在诗意的空间融入自己的情感。他的诗歌长于叙事，善于描绘生动的场景与鲜明的画面，在叙事中直抒或自然流露真情；其诗亦多用意象，联想丰富，多用传统手法，而诗句平实朴素，体现出清新自然的艺术特点。他经过时间的磨炼和沉淀，从这些朴素的意象和事物中挖掘出更深层的意义，赋予诗歌更深刻的内涵。

诗人是时代的讴歌者，创新与建构是新时代诗歌的双重使命，公安诗歌的创作、公安诗人不能在时代的大潮里迷失方向，要建立精神信仰的巨大路标，写出有温度、有力度的新时代诗歌。我认为，公安诗人要甘做拓荒者，扎根警营，砥砺前行，潜心创作，以诗言志。公安诗人在忠诚履职的同时，不断拓展诗意空间，在法与罚的漩涡中心，以拥抱光明的渴望，以强烈的生命书写及心灵的多元书写，以哲学思考、家国情怀、忠诚警魂展现了现代诗歌精神和公安诗歌的独特魅力，为公安诗歌注入了热血与刚强。

诗歌不是写出来的，而是被诗人发现的。诗歌关键在于发现，它就在那里。在秋天的一枚落叶里，在每一个黄昏后，或者在战友们的笑脸上。公安诗人的责任与使命是什么？就是在日常的书写中深挖，在个性化书写中开拓，以血为墨，书写时代的黄钟大吕。在我处由成昆时代迈向川藏时代、高铁时代中国梦的史诗般进程中，时代赋予我们铁道卫士使命，令我们投身火热的工作和生活。警营诗人郑义伟始终以创新的姿态面向未来，创作出了更多有筋骨、有血脉、有温度的正能量诗歌精品，全力助推我处公安诗歌创作从高原向高峰的跨越。

每一个成熟的诗人，都离不开故乡那片土壤。成昆线、大凉山是诗人郑义伟的第二故乡。有人说诗人的天职就是返乡，在诗人的心目中，故乡才是灵魂的居所。只有在那片土壤之上，诗人才能自由地呼吸，并且深深地爱着自己脚下的这片土地。

这本诗集里诗人写了许多公安英雄模范、先进典型人物，这是诗人观察思索所得。警营诗人郑义伟，是一个用心观察生活，各类词语顺手拈来，把日常写出诗意的诗人。读他的诗，可以望见他的内心通明辽阔，就像南高原、大凉山，丰茂而充满活力。

诗歌也是警营文化的重要支撑，文化不胫而行，激励和感召着无数人们向上而行。一首诗，可以照亮人生，诗人何其幸运，诗歌多么伟大。这足以让我们全处的同志引以为自豪。由此我想，警察可以拥抱诗歌的温暖，诗歌对于警察是十分宝贵的营养。

郑义伟在前行的路上热情讴歌春天，他热爱生活，珍惜自己的每一个不同的岗位，全心全意地投身工作，尽心竭力地爱战友、爱身边的每一个人。他比其他人更懂得了生命的可贵。爱，是超越生命的动力。他把每一天都当作春天般地爱，把这爱融入诗行，融入每一份工作，融入一句话，融入内心，用自己的爱去温暖爱，这也许是警察诗人的至高境界了。这也是他的诗歌最迷人、充满魅力的地方。

三十多年来，郑义伟的血液里满含大地上的雨滴。他把自己的满腔热血都献给了文学和诗歌，献给了警营和战友、献给这个伟大的时代。

2022 年春

（何胜，西昌铁路公安处党委副书记、政委）